长江文明之旅 文学艺术篇

/科技部推荐优秀科普图书/

神话传说

总顾问 冯天瑜 钮新强
总主编 刘玉堂 王玉德

鄢维新 编著

上海科学技术文献出版社
Shanghai Scientific and Technological Literature Press

长江出版社
CHANGJIANG PRESS

冯天瑜

长江文明馆献辞
（代序一）

> 无边落木萧萧下，
> 不尽长江滚滚来。
> ——杜甫《登高》

江河提供人类生活及生产不可或缺的淡水，并造就深入陆地的水路交通线，江河流域得以成为人类文明的发祥地、现代文明繁衍畅达的处所。因此，兼收自然地理、经济地理、人文地理旨趣的流域文明研究经久不衰。尼罗河、幼发拉底—底格里斯河、印度河、恒河、莱茵河、多瑙河、伏尔加河、亚马孙河、密西西比河、黄河、珠江等河流文明，竞相引起世人关注，而作为中国"母亲河"之一的长江，更以丰饶的自然秉赋、悠远深邃的文化积淀、广阔无垠的发展前景，理所当然成为江河文明研究的翘楚。历史呼唤、现实诉求，长江文明馆应运而生。她以"长江之歌 文明之旅"为主题，以水孕育人类、人类创造文明、文明融于生态为主线，紧紧围绕"走进长江"、"感知文明"和"最长江"三大核心板块，利用现代多媒体等手段，全方位展现长江流域的旖旎风光、悠久历史和璀璨文明。

干流长度居亚洲第一、世界第三的长江，地处亚热带北沿，人类文明发生线——北纬30°线横贯流域。而此纬线通过的几大人类古文明区（印度河流域、两河流域、尼罗河流域等）因副热带高压控制，多是气候干热的沙漠地带，作为文明发展基石的农业仰赖江河灌溉，故有"埃及是尼罗河赠礼"之说。然而，长江得大自然眷顾，亚洲大陆中部崛起的青藏高原和横断山脉阻挡来自太平洋季风的水汽，凝集为巫山云雨，致使这里水热资源丰富，最适宜人类生存发展，是中国乃至世界自然禀赋优越、经济文化潜能巨大的地域。

长江流域的优胜处可归结为"水"—"通"—"中"三字。

冯天瑜

一、淡水富集

长江干流、支流纵横，水量充沛，湖泊星罗棋布，湿地广大，是地球上少有的亚热带淡水富集区，其流域蕴蓄着中国35%的淡水资源、48%的可开发水电资源。如果说石油是20世纪列国依靠的战略物资，那么，21世纪随着核能及非矿物能源（水能、风能、太阳能等）的广为开发，石油的重要性呈缓降之势，而淡水作为关乎生命存亡而又不可替代的资源，其地位进一步提升。当下的共识是：水与空气并列，是人类须臾不可缺的"第一资源"。长江的淡水优势，自古已然，于今为烈，仅以南水北调工程为例，即可见长江之水的战略意义。保护水生态、利用水资源、做好水文章，乃长江文明的一个绝大题目。

二、水运通衢

在水陆空三种运输系统中，水运成本最为低廉且载量巨大。而长江的水运交通发达，其干支流通航里程达6.5万千米，占全国内河通航里程的52.5%，是连接中国东中西部的"黄金水道"，其干线航道年货运量已逾十亿吨，超过以水运发达著称的莱茵河和密西西比河，稳居世界第一位。长江中游的武汉古称"九省通衢"，即是依凭横贯东西的长江干流和南来之湖湘、北来之汉水、东来之鄱赣造就的航运网，成为川、黔、陕、豫、鄂、湘、赣、皖、苏等省份的物流中心，当代更雄风振起，营造水陆空几纵几横交通枢纽和现代信息汇集区。

三、文明中心

如果说中国的自然地理中心在黄河上中游，那么经济地理、人口地理中心则在长江流域。以武汉为圆心、1000千米为半径画一圆圈，中国主要大都会及经济文化繁荣区皆在圆周近侧。居中可南北呼应、东西贯通、引领全局，近年遂有"长江经济带"发展战略的应运而兴。长江经济带覆盖中国11个省（市），包括长三角的江浙沪3省（市）、中部4省和西南4省（市）。11省（市）GDP总量超过全国的4成，且发展后劲不

冯天瑜

可限量。

　　回望古史，黄河流域对中华文明的早期发育居功至伟，而长江流域依凭巨大潜力，自晚周疾起直追，巴蜀文化、荆楚文化、吴越文化与北方之齐鲁文化、三晋文化、秦羌文化并耀千秋。龙凤齐舞、国风—离骚对称、孔孟—老庄竞存，共同构建二元耦合的中华文化。中唐以降，经济文化重心南移，长江迎来领跑千年的辉煌。近代以来，面对"数千年未有之大变局"，长江担当起中国工业文明的先导、改革开放的先锋。未来学家列举"21世纪全球十大超级城市"，依次为：印度班加罗尔、中国武汉、土耳其伊斯坦布尔、中国上海、泰国曼谷、美国丹佛、美国亚特兰大、墨西哥昆坎—图卢姆、西班牙马德里、加拿大温哥华。在可预期的全球十大超级城市中，竟有两个（武汉与上海）位于长江流域，足见长江文明世界地位之崇高、发展前景之远大。

　　为着了解这一切，我们步入长江文明馆，这里昭示——

　　一道天造地设的巨流，怎样在东亚大陆绘制兼具壮美柔美的自然风貌；

　　一群勤勉聪慧的先民，怎样筚路蓝缕，以启山林，开创丰厚优雅的人文历史。

　　（作者系长江文明馆名誉馆长、武汉大学人文社科资深教授）

一馆览长江 水利写文明
（代序二）

钮新强

"你从雪山走来，春潮是你的风采；你向东海奔去，惊涛是你的气概……"一首《长江之歌》响彻华夏，唱出中华儿女赞美长江、依恋长江的深厚情感。

深厚的情感根植于对长江的热爱。翻阅长江，她横贯神州6300千米，蕴藏了全国1/3的水资源、3/5的水能资源，流域人口和生产总值均超过全国的40%；她冬寒夏热，四季分明，沿神奇的北纬30°延伸，形成了巨大的动植物基因库，蕴育了发达的农业，鱼儿欢腾粮满仓的盛景处处可现；她有上海、武汉、重庆、成都等国之重镇，现代人类文明聚集地如颗颗明珠撒于长江之滨；她有神奇九寨、长江三峡、神农架等旅游胜地，多少享誉世界的瑰丽美景纳入其中；她令李白、范仲淹、苏轼等无数文人墨客浮想联翩，写下无数赞美的词赋，留下千古诗情。

长江两岸中华儿女繁衍生息几千年，勤劳、勇敢、智慧，用双手创造了令世人瞩目的巴蜀文明、楚文明及吴越文明。这些文明如浩浩荡荡的长江之水，生生不息，成为中华文明重要组成部分。

人类认识和开发利用长江的历史，就是一部兴利除弊的发展史，也是长江文明得以丰富与传承的重要基石。据史料记载，自汉代到清代的2100年间，长江平均不到十年就有一次洪水大泛滥，历代的兴衰同水的涨落息息相关。治国先必治水，成为先祖留给我们的古训。

为抵御岷江洪患，李冰父子筑都江堰，工程与自然的和谐统一，成就了千年不朽，成都平原从此"水旱从人、不知饥馑"，天府之国人人神往。

一条京杭大运河，让两岸世世代代的子孙受惠千年。今天，部分河段化身为南水北调东线调水的主要通道，再添新活力，大运河成为连接古今的南北大命脉。

新中国成立以后，百废待兴，党和政府把治水作为治国之大计，长江的治理开发迎来崭新的时代。万里长江，险在荆

钮新强

江。1953年完建的荆江分洪工程三次开闸分洪，抗击1954年大洪水，确保了荆江大堤及两岸人民安全。面对'54洪魔带来的巨大创伤，长江水利人开启长江流域综合规划，与时俱进，历经3轮大编绘，使之成为指导长江治理开发的纲领性文件。

"南方水多，北方水少，能不能从南方借点水给北方？"毛泽东半个多世纪前的伟大构想，是一个多么漫长的期盼与等待呀。南水北调的蓝图，在几代长江水利人无悔选择、默默坚守、创新创造中终于梦想成真，清澈甘甜的长江水在"人造天河"里欢悦北去，源源不断地流向广袤、干渴的华北平原，流向首都北京，流向无数北方人的灵魂里。

新中国成立以来，从长江水利人手中，长江流域诞生了新中国第一座大型水利工程——丹江口水利枢纽工程、万里长江第一坝——葛洲坝工程、世界最大的水利枢纽——三峡工程。与此同时，沉睡万年的大小江河也被一条条唤醒，以清江水布垭、隔河岩等为代表的水利工程星罗棋布，嵌珠镶玉。这是多么艰巨而充满挑战、闪烁智慧的治水历程！也只有在这条巨川之上，才能演绎出如此壮阔的治水奇观，孕育出如此辉煌的水利文明，为古老的长江文明注入新的动力！

当前，长江经济带战略、京津冀协同发展战略及一带一路建设正加推提速，长江因其特殊的地理位置与优质的资源禀赋与三大战略（建设）息息相关，长江流域能否健康发展关系着三大战略（建设）的成败。因此，长江承载的不仅是流域内的百姓富强梦，更是中华民族的伟大复兴梦。长江无愧于中华民族母亲河的称号，她的未来价值无限，魅力永恒。

武汉把长江文明馆落户于第十届园博会园区的核心区，塑造成为园博会的文化制高点和园博园的精神内核，这寄托着武汉对长江的无比敬重与无限珍爱。可以想象，长江文明馆开放之时，来自五湖四海的人们定将发出无比的惊叹：一座长江文明馆，半部中国文明史。

（作者系长江文明馆名誉馆长，中国工程院院士、长江勘测规划设计研究院院长）

目 录

开篇辞　说史 / 1

绪论 / 2

  长江流域神话传说特色简说 / 3

  神话与传说的内在关联 / 11

  仙话——神话的延伸 / 16

  神话与故事 / 18

长江流域汇聚的中国神话传说 / 20

  先秦时期的神话传说 / 21

  长江流域神话传说的分布 / 25

  长江流域神话传说的存在方式 / 31

长江流域的创世神话 / 40

  原生神话 / 41

  次生、共生神话 / 55

  再生神话 / 56

长江流域的自然神话 / 67

  日月星辰 / 68

  风云雷电 / 78

  春夏秋冬 / 80

长江流域的社会生活神话 / 82

   文化英雄神话 / 83

   文化起源神话 / 87

   神战英雄神话 / 90

长江流域民间传说的结构 / 95

   人物传说 / 96

   史事、宗教传说 / 118

   风物传说 / 126

长江流域神话传说的扩张 / 143

   楚文化对长江流域神话传说的推衍 / 144

   汉文化典籍与长江流域神话传说 / 150

   结　语：中国神话传说的"半壁江山" / 155

主要参考文献 / 159

开篇辞

说 史

勘破廿四史，蓦然发现，它是皇上的御用文人写给识文断字的人看的。为尊者讳，是执笔者的座右铭，它只合王道之正。不识字的老百姓既看不懂，也不屑于把它当回事，因为他们有自己的信史，那就是相对于正史的野史。在百姓看来，野史不野，不但不野，反而是老百姓自己的正史、信史。

老百姓自己的正史、信史，就是他们代代口耳相传的神话传说故事。在他们的脑海中，神话的年代久远些，仙话是那些有特异功能的事儿。至于传说，不管讲述的人说没说清楚，反正它的朝代、地点、人物身份都在那儿摆着的，犯不着太较真，只要知道有那么一回事就行了。

换个角度看，世界可能就颠了个个儿——至少是蛮新鲜的。

绪 论

谈论中国神话传说，不能不把焦点投向长江流域。没有长江流域神话传说作"基石"，研究中国神话传说就是在构筑"空中楼阁"。可以毫不夸张地说，不言长江流域就无以谈中国神话传说。

中国神话就其生态来说，其实，根本不是有些人说的"断简残版严重"，而是从未进行过系统而全面的搜集、整理，即书面化不够，大量的还处在口头传承阶段。

谈论中国神话传说，就如同研究世界神话言必称希腊一样，不能不把焦点投向长江流域，如果忽略了长江流域，就离盲人摸象不远了。没有长江流域神话传说作"基石"，研究中国神话传说就是在构筑"空中楼阁"。因为，长江流域神话传说决非仅仅只占中国神话传说的"半壁江山"。

长江流域神话传说特色简说

（一）源远流长，流量丰沛

长江流域的神话传说"源远流长"，自从人类有了文化意识，神话便在人们脑海里烙下了印痕，然后代代口耳相传、薪火相递到如今；所谓"流量丰沛"是指她内容丰富，数量巨大，决非这一本小册子所能尽言。简略而言，它主要表现在如下四个方面：

1. 源远流长，不绝如缕

长江流域的神话传说，从先秦时代就被载入长江流域的文献典籍之中：如楚国屈原的《天问》、宋玉的《神女赋》、湖南长沙马王堆出土的《楚帛书》、汉代成集的《山海经》以及《淮南子》都记录了大量的长江流域神话传说；魏晋以后，志怪小说风行，长江流域的神话传说更是不可不录的内容；唐宋以后，记载有长江流域神话传说的笔记、野史更是数不胜数。

依文化时序来排列，长江流域神话传说具有黑暗时期、天地开辟、万物起源、人类起源、洪水遗民、日月星辰、风云雷电、地震、春夏秋冬、文化英雄、神战英雄神话等内容，还有大量后起的仙话、宗教（佛、道）神话等内容。

长江流域传说故事的时间起点或许稍晚于神话，但从三皇五帝、尧舜禹、夏商周、春秋战国、秦汉魏晋南北朝、隋唐五代十国、宋金夏元明清、民国直到最新的时事、人物传说，无不具备。

2. 门类齐全，阵容强大

民间神话传说与民众所供奉的神灵关系密切。有神必有传说，一位神灵绝不止一则传说故事。民间俗神的众多反证了神话传说的丰富。

民间土生土长或本系外来后经改造成为民间所信仰的诸神有：

始祖神：女娲、伏羲、炎帝、黄帝；

爱情与婚姻神：牛郎、织女、和合二仙、月下老人、泗州大圣、月光娘娘、嫦娥；

生育神：送子观音、张仙、送子弥勒、九子母、鬼子母；

福禄神：赐福天官、禄星张仙、文曲星张亚子及天聋地哑、魁星；

寿神寿星：南极仙翁、王母娘娘、彭祖、麻姑；

财神：范蠡、赵公明、关公、五路神（赵公元帅、招宝、纳珍、招财、利市）、刘海、金元七总管；

生活保护神：门神神荼郁垒、钟馗、秦琼、尉迟恭、燃灯道人、赵公明、马武、姚期、萧何、韩信、杨延昭、穆桂英、岳飞等；

「门神秦琼」

灶神：种火老母元君、炎帝、黄帝、祝融、张单（张郎）；

火神：祝融、炎帝、回禄（吴回）等；

水井神；

药王：神农、伏羲、黄帝、扁鹊、华佗、孙思邈、张仲景等；

厕神：紫姑（戚姑、七姑）、坑三娘娘、三霄娘娘；

狱神：萧何、曹参；

生产保护神：船神周宣灵王周雄；

虫王：水鸟鹭、刘猛将军；

蚕神：嫘祖、蚕丛（青衣神）、马头娘；

茶神：陆羽；

行业神：造字神仓颉、鲁班祖师、陶神宁封子、风火仙神童宾；

梨园神：灌口二郎李冰、唐明皇等。

神因神话传说故事而传名，传说故事因神而流传不衰。

民间道教神系诸神有：

道教尊神：三清、四御、太上老君、玉皇大帝、后土皇地祇、王母娘娘（西王母）、三官（三元大帝）；星辰之神斗姆、五斗星君、南斗星君、北斗星君、太白金星、真武大帝；

道教神仙：宁封子、八仙、黄大仙、刘海蟾、麻姑；

祖师真人：张天师、三茅真君、许真君、葛仙翁、陈抟老祖、王重阳、丘真人、张三丰；

护法神将：关圣帝君、灵官马元帅、萨真人、王灵官、三十六天将、四值功曹、六丁六甲、六十元辰、龟蛇（水火）二将、青龙白虎、金童玉女（周公桃花女）、千里眼顺风耳、雷神（雷王）、闪电娘娘（金光圣母）、风伯、雨师等。

道教是中国土生土长的宗教，从道家到道教经历了先秦到东汉的历程，其间伴随着大量神话传说的流播，与佛教神话传说相比，道教神话传说的丰富性和民族性表现得尤为彰显。

佛教从印度传入中国后，经历了一个中国化的过程，现在所能见到的佛教诸神，均已烙上了中国文化的印痕。这一点在观音菩萨的传说故事中表现得特别明显。观音本是男身，但到了中国以后，被民间文学改换成了女身。但与道教神话传说相比，佛教神系虽然庞大，其神话传说数量却相对要少一些，大部分系由佛经故事衍化而来。

民间神话传说中出现较多的佛教神仙有：

佛有如来佛、弥勒佛（俗称布袋和尚）、欢喜佛；

菩萨有文殊、普贤、观世音、泗州大圣、善财童子、龙女、地藏王；

罗汉有十八（五百）罗汉、目连；

神僧有济公、疯僧（风波和尚）、达摩、慧远、惠能；

护法神有四大天王、托塔李天王、哪吒、韦驮、哼哈二将等。

与纯国粹的道教神话传说和舶来的后经过"改装"的佛教神话传说不

「东王父西王母汉画像石」

同，冥界诸神则是中国鬼国意识与印度佛教地狱说的"组合"。

冥界诸神有：

冥王：地藏王、酆都大帝、东岳大帝、十殿阎王；

冥帅：五道将军、钟馗、十大阴帅；

阴官冥吏：城隍、判官、守墓神后土、土地、池头夫人、血河大将军；

凶神恶煞：五通神、煞神、瘟神、丧门神；

鬼卒：黑白无常、牛头马面、夜叉、罗刹、孟婆神等。

其中酆都大帝、东岳大帝、十殿阎王中的韩擒虎、寇准、范仲淹、包拯、钟馗、城隍、崔判官、守墓神后土、土地等都是地道的中国籍，其中不少还是"长江籍"呢。

「钟馗画像」

从民族来看：

长江上中游地区，特别是上游地区，分布着藏族、苗族、彝族、布依族、侗族、瑶族、白族、土家族、傈僳族、水族、纳西族、羌族、仡佬族、畲族等十余个少数民族，远远多于黄河流域。这些少数民族的神话传说各具特色，使得长江流域的神话传说更加丰富多彩。

3. 反复交融，型态各异

长江流域神话传说依时态和内容可分为三种：原生、次生、再生。在相邻而不同的地域或民族间，神话传说故事原生型传递为次生型、再生型的例证较为突出。

白族有大二三神，与湘西白族比邻而居的土家族也有关于大二三神的神话传说故事，但遍查土家族神系，大二三神的事迹显系外来。故白族的大二三神是原生型的，而土家族的大二三神却是再生型的。

有人说，楚人的巫山神女来自中原，但据蔡靖泉先生考证，楚人的巫山神女只是一则次生型神话传说，其原型是古代巴人的盐水女神，至于后来的元杂剧《高唐梦》等，则是典型的再生型。

> 在特定地域或民族里，原生型为最早诞生的神话传说，其外在特征为简略、古朴，如开天辟地、万物起源神话传说；在此基础上产生的变异（如增删、置换）故事则为次生型，其内核与原生型相同，而情节有所变化。当史诗中的神话传说变为散文体的时候，其情节不可避免地要繁杂一些。至于以原生、次生型神话传说故事为构件，构架新的神话传说则当然应归入再生型了。

4. 凡人成仙，造神不止

长江流域素有敬神崇巫之名，巫风甚炽，表现在神话传说方面，就是神仙"超凡不脱俗"、"神、鬼、巫、人一家亲"。

所谓"超凡不脱俗"，说的是神仙本是英雄变，任何人只要做出了不同于常人的行为，对人类有贡献，都可以被人尊为神仙，如范仲淹、韩擒虎、包拯、岳飞、八仙等莫不如此。

用"神、鬼、巫、人一家亲"来形容长江流域人神关系是较为贴切的。这里的人们对神灵不像北方的人们那么敬畏，南方的神灵对下界凡人格外亲近，正像长江流域神话传说所表现的，鬼在地下，人在地上——用一床芦席就可以隔开，神在天上，彼此就像亲戚一样，可以随意往来。

(二)百川归海，气象万千

当周武王伐纣，纣王鹿台举火自焚以后，中原文化由巫官文化转向史官文化，大量的上古神话传说因为文字不"雅驯"，被史官们刻意去掉神话色彩，当作历史记录进了文献典籍：造人的女娲变成了伏羲的配偶；火神祝融变成了炎帝的佐臣；神话人物伏羲、神农、女娲、黄帝、颛顼、喾、尧、舜等变成了"三皇五帝"……

春秋战国时期，当中国神话人物在中原忙着"加官晋爵"之时，长江流域依然是巫风甚炽，不仅原有的神话人物"神气十足"，而且新的造神浪潮如长江之波，一浪高过一浪。

用神话学的眼光来看，大量的古代神话传说故事因为流传到了长江流域才得以幸存至今。如果用"原汤原水"作标准来衡量长江流域与黄河流域的神话传说，长江绝胜无疑。

1. 广采博纳，浑然一体

任何一个民族或地域，文化的交流既有输出，也有吸收。即便是文化较为落后的民族在吸收较为先进文化的时候，也有一个反向输出的过程。例如前面所介绍的巴人盐水女神神话被楚人吸收后改造为巫山神女的神话传说。

在长江下游地区，春秋战国以后因为文化、经济发达较早，加之南北殊少高山大川的阻隔，神话传说的交流以南、北向为主，如北方的仓颉、孔子以及历代帝王、名人传说等随着中原政治势力的扩张，移民的南下，以及商贾往来而传入江南。

长江中游地区，虽有大别山、大洪山等山脉阻隔，但也并非不可逾越，加之有随枣走廊和汉水作为南北交流的孔道，以及北方统治者对长江中游的关注，北方文化的南下力量既强大又频繁。中原的包公、陈世美传说在汉水中游传播得十分广泛。在湖北省丹江口市至今还流传着陈世美杀妻是冤案的传说，为陈世美鸣冤叫屈，同时，还有不少包公办错案件的传说。

在长江上游地区因为蜀中山水的屏障，南北交流的力度（主要指北方文化南侵力度）相对较弱，实际上是以与西、南方交流为主。西方主要是古代的氐羌文化和后来的藏缅文化，南方则是与印度的文化交流。印度佛教如观音的神话传说就经过长江上游地区传入中原。与东北方向的交流则主要表现为对楚、汉文化的接受。

2. 五彩斑斓，各具风骚

长江上游地区保存着大量的创世、开辟神话，大多保存在史诗和"经文"中，文化色彩颇为"原始"，如：布依族的摩经《访几经》、《请龙经》、《退仙经》、《赎买经》、《招魂经》；仡佬族的创世古歌《叙根由》；苗族的口传巫经《吃牛古根》和《苗族古歌》；纳西族的东巴经和打巴口诵经；彝族的彝经、古歌；水族的古歌；瑶族的创世古歌《密陀罗》、经文唱本《盘王大歌书》、经书《神唱》、《过山榜》等。

上游地区的神话与传说关系极为密切，彼此之间没有很明显的界线，后起的传说大多具有浓郁的神话色彩，稍不注意就会把它们纳入广义的神话范畴。

中游地区的神话较多地被写入文献典籍，如《天问》、《山海经》、《淮南子》等（它们记录的神话传说不局限于长江流域）。如果要论传世之功，当以长江中游的文献典籍贡献厥伟。

中游地区的神话传说东引吴越，西接巴蜀，北承中原，南控粤桂，西南远援滇黔，实为八方神话传说交汇之地，其内容五彩缤纷，风姿各具。

下游地区的古代神话除了被《吴越春秋》、《越艳书》等典籍记载以外，主要是在民间口头流传，后世的一些笔记类的文献也陆续收录了一些。

长江下游地区的传说故事甚为发达。从先秦到近现代如过江之鲫，其内容也十分广博，仅被文献记载的就可谓汗牛充栋，不可胜数，这一点将在后文谈到，此处不赘言。

（三）奔流不息，生生不已

按照传统的说法，神话是人类童年时代的产物。若按此推理，当人类文化走向成熟之时——在中国时值"史官文化"诞生之期，也就是神话"生产"的"断源涸流"之日，剩下的就只有传说故事与人们相伴了。事实未必尽然。

"原始人"把神话当作真理，而"文明人"则将之视为富于文学意韵的故事。但这并不能排除人们在传播"原始人"创作的神话时就没有一点"原始人心态"的"遗意"和模仿。

人们把神话传说当作自己的信史。

从文学史的角度来看，每天都有仍在民间口头流传的"鲜活"神话被记录下来——从其内容来看，其产生的时间已经很久远；而从流传、采录来看，它又是"鲜活"的。

再从长江流域至今所能见到的神话传说现状来看：

1. 神话记录，历历在目

为数不少的神话早已被古人记录在案，从《天问》到《搜神记》以及后代车载斗量的笔记小说，不胜枚举。形象地说，长江流域古代神话传说是"跑了和尚跑不了庙"，"枯了大树影子在"。

2. 神话传说，古树新枝

在民间文学里，数千年来，神话传说一直传播不绝。即使是已经被记录于文献典籍中的神话传说,也时常再次进入民间文学并不断产生新的"变文"(异文、衍文)。仅此而论,长江流域的古代神话传说犹如一棵千年大树,不断萌生出新枝嫩叶。更何况它孕育的种子萌生新苗不绝如缕呢!神话传说家族的生命力是绝不能低估的。

3. 异文众多,虽古犹新

原始人创作的神话传说已是历史不再,但并不意味着古人创作的神话传说不在民间口耳相传千百年,亦不能排除它们被采录者和研究者"新发现",更不能排除次生神话和"准神话"——具有神话部分特征的传说的出现。所以我们说,所谓神话的消亡,只能是指神话的"产生"(或曰生产)环节而言,并不能包括流传(流通)环节。

(四)举足轻重,贡献殊伟

研究中国神话传说(特别是神话),若不把长江流域作为首选的主要对象,则无异于舍本逐末、盲人摸象,甚或是南辕北辙。这是因为:

1. 典籍多收录

长江流域的文献典籍所记录的神话传说(尤其是神话)内容最为丰富。时代愈早,这种情况愈明显,如《天问》、《九歌》、《招魂》、《神女赋》、《山海经》、《淮南子》等便是例证。

2. 母题多子文

同一母题而内容结构差异甚大的神话传说大量存在于长江流域的中、上游地区,如盘古神话、女娲神话、射日神话等。

3. 交融多典型

不同民族、不同地域之间神话传说的相互影响及其结果在长江流域表现得最为典型。如汉族的"女娲补天"神话和白族的"大二三神"神话分别从东北和西南两个方向浸染了居住在长江中上游交界的土家族神话里,形成了"女娲娘娘补天,三兄弟中,老大左手叉腰,右手托天,涨得满脸通红;老二双手撑天,不

「女娲补天」

能移动,被烟火熏烤,变成了黑脸;老三脚踏白石头顶天,脸上沾满了白石灰,成了一个白脸"的结构。

神话与传说的内在关联

(一)墙里墙外,同根共茎

有人将民间故事分为"神话、传说、幻想故事"三类,这是针对大量民间文学作品的存在而进行归纳、分析的结果。其目的,当然是为了便于研究。但从另一个方面来看,它又是学者们在神话与传说中人为竖立的一道隔墙。让我们先来看看它们的"定义"和异同之处:

1. 神话定义众说

古希腊哲学家色若芬尼(约公元前565—前473年)认为:神话不过是"古人的寓言",是先贤们为了暗示各种自然法则、寄托道德教训而留下的"哑谜"。这是隐喻说。

希腊学者攸痕麦拉斯(约公元前400年)则认为,神话是历史的"传奇描述","从历史上根究起来,所有的神都是历史的人物",在他看来,后人对古代的人事进行想象、夸张的描述便催生了神话。

西方神话哲学创始人意大利的维柯(公元1668—1744年)认为,每一个民族都要经历神的时代、英雄时代、人的时代这三个历史阶段。在神的时代这一"人类的儿童期",人们还不能够构成心智的类别概念,只能够推己及物,其原始意识只是一个浑融体。

英国语言学家马科斯·缪勒(公元1823—1900年)把神话的产生归结于"语言的毛病",是因为人们把古人遗留下来的名词用混乱了、误解了而产生了神话,就像"珍珠是蚌壳的毛病"一样。

人类学派认为,神话是未开化人类原始信仰的残留物,是早期人类心理状态的反映。在他们看来,好奇、轻信、精灵崇拜是原始人的心理特点。在万物有灵世界观的影响下,古人把一切自然物都加以人格化,进而演绎成神话故事。

功能学派从"文化是为满足人们的需要而存在的,是各种功能的组合"

的观念出发，认定神话与人类原始时期的仪式、巫术密不可分，对原始人而言，它具有"实用功能"，起着行为准则、道德规范作用。功能学派代表人物是英国人类学家、社会学家布·马利诺夫斯基（公元1884—1942年）。

"仪典先于神话"说认为，神话产生于仪式，是仪式的伴生物。随着历史的演进，仪式渐渐式微，而神话却流传下来。该学说的代表人物是英国宗教史学家、民族志学家詹姆斯·乔治·弗雷泽（公元1854—1941年），代表作品是《金枝》。

瑞士心理学家卡尔·古斯塔夫·荣格（公元1875—1961年）认为"神话是前意识心理的最初显现，是对无意识的心理事件的不自觉的陈述"。他认为，神话的全部意象，包含着人类的集体无意识。

德国哲学家卡西尔（公元1874—1945年）认为，神话是人类在到达理论思维之前的一种普遍的认识世界、解释世界的思维方式，是人类意指性象征行为的产物，神话是这种思维方式的符号，是一种具有象征意象的"原型"。

加拿大文艺理论家弗莱（1912年—）集成了弗雷泽、荣格等人的"神话—原型"理论，认为神话是一种"具有原型意义的叙述程式"，即"神话就是原型"。

茅盾认为，神话是"一种流行于上古民间的故事，所叙述者，是超乎人类能力以上的神们的行事，虽然荒唐无稽，但是古代人们互相传述，却信以为真。"

中国民俗学会副理事长、武汉大学教授李惠芳先生在《中国民间文学》里这样解释"神话"："神话，即是关于神的故事。它是远古初民创造的、反映人与自然、与社会（主要是人与自然）的关系的幻想性故事。神话是人类童年时期的创造，它记载着古代人类对世界起源、自然现象和社会生活的原始理解，因而，神话也是原始人类的百科全书。""溯源"和社会"生活"是神话的两个特征。

长江流域的神话是远古时期居住于长江流域的初民所创造的，以长江流域自然环境为背景，反映初民与长江流域自然环境、社会关系的幻想型故事。在流传的过程中，它多次吸收周边——特别是北方的神话故事内容，呈现一种综合型的结构方式。它以文献典籍、文物、民间故事等多种方式流传。

2. 传说的定义

"民间传说，是广大民众创作的，与一定的历史人物、历史事件和地方古迹、自然风物、社会习俗有关的故事。它们或是记叙某个知名的历史人物的立身行事；或是再现某一重大历史事件发生、发展的过程或片断；或者是解释某地、某一自然物、人工物，或风俗习惯的成因和来历。"

社会生活和"溯源"是传说产生的根源和标志。社会生活是其创作素材的来源，而"溯源"是为了满足人们的好奇心而产生的传说创作的心理动力。

解说长江流域某一风物习俗、事件、人物言行的来龙去脉是长江流域传说故事的基本特征。

3. 神话传说的相通之处

神话与传说是一对具有许多相似、相同之处的"连体姊妹"。粗略而言，它们的相通、相同之处是：

（1）溯源性。对事物（社会生活形态）起源溯源性的介绍，是神话与传说都具有的文化功能——这种溯源性的介绍创作在传播者眼中是合理的。从这个角度而言，神话传说是民间口传"历史"的命题是毫无疑义的。如"盘古开天辟地"神话与"淮南王刘安发明豆腐"的传说就都具有显明的解释性。

（2）说明性。神话传说的"说明性"缘解释性而生，它相对"它说"而言，具有相对独立性，但两者在具体表现上有差异。

神话的说明性表现为民族性和地方性。如长江流域创世神话里的"开天辟地"神话，各民族就有各自的"主人公"：水族是牙巫，土家族是张古老与李古老，侗族是颠光、枉谊和赐广、乐尉，瑶族是尼托兄妹，藏族则是一只大鸟，傈僳族是天鹅和蚂蚁。民族分布的地域不同，导致了神话的地域性。

传说的说明性除了表现为民族性和地域性外，还表现为时代性：如"神女"在土家族是"盐水女神"，在楚人则成了"巫山神女"；楚地端午节赛龙舟源于纪念屈原，长江下游地区则源于纪念伍子胥，更古的时候则是为了祭龙辟邪祛瘟。

「屈原故里端午：龙舟竞渡」

（3）不可考性。神话与传说在历史学家眼里，都有不可考性。这是针对其历史的真实性而言的。

神话主要表现为情节的想象性（幻想性）——纯粹为人类原始想象力的表露。其主题表现为一般原始思维的"幼稚性"，以表现原始人类对自然界的征服欲望为主。

传说则表现为其主题思维的社会现实性和情节（细节）的幻想性——浪漫主义色彩。如长江中游地区钟相、杨幺起义传说中的"飞来钟"传说。

4. 遗忘与历史化

这是神话与传说所遇到的共同问题。

上古初民在创造神话时常用的手法之一，即用自己的想象力来克服不可解释（实际上是当时还无法认识）的自然和社会现象。同时，创造者对自己所传诵的对象本能地极尽讴歌赞美之能事，竭力夸大其能力，这是神话传说人物能力超群的原因之所在。或许，有相当一部分神话传说故事在最初创作出来的时候，它的情节乃至细节都是真实的，因为传诵者尚不具备用文字记录它的能力，只能以口耳相传。

遗忘是记忆的敌人，当细节的遗忘伤害到情节的合理性的时候，联想和虚构就会自动出来帮助人们"修复"那些淡忘的情节和丢失了的细节，于是，神话传说故事主人公的超能力被极度夸大，故事的神话特征或幻想性得到加强、突现。在传播过程中，当受众觉得讲述者的"修复"缺乏合理性时，便会自觉不自觉地予以再次"修复"或虚构，经过若干次这样的"修复"、"加工"，这些神话传说故事便与当初的面貌大相径庭了。这也是中国神话传说故事在流传过程中产生诸多"异文"的原因之所在。

就神话故事而言，在口传文学中被传诵者当作历史的一段，它在穿越漫长的时空隧道时，其本来就显得"荒诞"的细节（乃至情节）不可避免地会出现细节乃至情节佚失的现象。后来的传诵者对此所采取的手法是仿古的——仍用想当然的想象来补叙其细节或情节。

再说传说故事，常被人们当作口传的信史。人们对其正面主人翁，潜意识地多用溢美之词，并秉承神话的浪漫主义传统，展开进化了的、也更为有力的想象翅膀，以表达自己在现实生活中暂时无法满足的心理欲望，进行一次又一次的"精神会餐"。长江流域神话传说（如"盘古开天辟地"和"女娲造人"神话传说），在流传的过程中所产生的诸多异文当缘于此。

对神话传说进行历史化的改造，实际上是中原后起的史官文化对历史悠久的前辈巫官文化进行肆意阉割的过程，既无知又有害。

（二）时段分明，体量悬殊

从产生的源头来看，神话与传说存在着交叉现象。但在口传文学史上，两者的时间区分还是很明显的。从数量和内容、类别的区分方面，两者也有着显著的差别。

1. 时间的早晚

随着人类认识能力的不断增强和提高，神话渐渐失去了产生的温床。而传说则伴随着人类文化的始终。从这一点来看神话与传说，两者的时间段落的区分是十分分明的。在长江流域上中游地区，由于少数民族地区文化的相对封闭，其神话产生的持续时间明显要长于北方的黄河流域和长江的下游地区。

2. 数量的悬殊

如果说，神话是人类文化的"钻石"的话，那么，传说就是人类文化里的"珍珠"。"钻石"虽然很珍贵，与珍珠相比，其数量可谓少之又少。长江流域里神话与传说在数量上的比例正是如此。

3. 类别的比较

从大类来看，两者的体量几无差别，都是分为三类——神话是"创世神话、自然神话、社会生活神话"，传说则分为"人物传说、史事传说、风物传说"三类。但在子目的分类上，传说故事就比神话故事庞大得多。如人物有三教九流，史事则从古至今，风物则几乎无所不包。仅就风物特产传说为例，各地风物特产习俗，每一个县市都不会少于几十则，而神话往往只有数则。

仙话——神话的延伸

仙话，一是指自古便有的修仙传说，二是指神仙传说。这里指的是第二层含义。在区分神话与传说的过程中，最麻烦的是仙话。从严格的分类意义上来看，它应归入传说。但从内容及风格来看，它又与神话极其接近，似可纳入广义的神话范畴。从神话传说的发展过程来看，不妨把仙话视为神话的延续。

（一）神话的延续

我们说仙话是神话的延续，其原因有三：

1. 时间的连续性

仙话产生于人为宗教（如道教）产生之前后。道教恰好就孕育、诞生在长江流域。但在道教诞生之前，就有了修仙的传说——赤松子便是一个例证，赤帝的女儿追随赤松子修仙则是一个旁证。

而中下游地区的济公传说，其时间就更为晚近了。据民间传说，他出生于北宋年间。那么，关于济公的传说就决不会早于北宋时期。

2. 内容的相似性

仙话与神话极具相似性。它所表现的是现实生活中神仙的超凡能力，而不是开辟鸿蒙者的超自然能力。在表现超能力方面，神话与仙话是一致的。

长江下游关于鬼谷子出生的传说可算一例：鬼谷子的母亲王小姐尚待字闺中，因为好奇，吞食了一树枝上的谷子，怀孕生下了鬼谷子——与感生神话同出一辙。他生而能语，七八岁就能掐会算。

3. 风格的模仿性

长江流域有着巫风长盛不衰的社会环境，使得长江流域的仙话传说更具原始巫风色彩和浪漫主义氛围。长江流域的文化传统使得长江流域神话的风格在仙话故事里得到了延续。

鬼谷子不是医生，却擅长于"医术"：他的母亲王小姐三次被杀，他三次把她拼拢，让她活了过来。第二次，母亲的心被凶手带走了，他给她换上了一颗狗心；第三次，凶手把狗心带走了，他又给母亲换上了一颗桃子当作心——所以，后来就有了花心的女人。他还给县太爷换腿——把衙役的腿换给县太爷，把狗腿换给衙役，给狗换上一条泥巴腿。这是典型的巫仙做派，上古时期，巫、医是一家。

(二)民间传说的神话化

上古传说故事始终摆脱不了从神话中分离出来的嫌疑，后世的传说又多少存在着神话化的倾向。

1. 仙话的神化

仙话传说，说的是神仙的故事，它必然有"神"的特异之处，这就导致了仙话的神化倾向。这是有意为之，不像神话那样是潜意识为之。其目的是为了抬高本教（佛、道）在人们心目中的地位，增添崇奉对象的神秘感。民间关于济公的传说就是如此。

2. 虚幻与失忆

神话的产生，主要缘于对英雄业绩细节的遗忘和虔诚的补缀，及其在反复进行的过程中的无意识的虚幻化；而仙话则是以虚幻作底色，在巫文化意识作用下进行对神话模仿式的创作。

长江中上游苗、瑶族地区关于盘瓠的神话传说就是一例：所谓盘瓠是犬的说法，只能是犬图腾神话传说细节"遗忘"的结果，并不能说盘瓠真的是一条狗。长江流域中（主要是中下游地区）的钟馗打鬼、吕洞宾除妖等仙人擒妖拿怪的传说，都是在虚幻的基底上进行展开的。

3. 尽情的夸张

仙话传说创作很有点随心所欲，其能力夸饰点集中于神仙们的"技巧"上，缺乏磅礴大气，属于"世俗中的神话"。但绝没有创世神话英雄们指点江山时的气魄。

三国时，左慈（安徽省舒城县人）的幻术就到了兴之所至的境地：曹操想吃松江鲈鱼，左慈从清水盆中连钓数尾，都有三尺多长；缺一点生姜作佐料，丝毫也难不倒左慈。《旧小说·乙集二·幻异志》所载的唐代贞元年间扬州乞丐胡媚儿的幻术也堪称一绝：一个半升的琉璃瓶竟能容纳许多驴马和车辆。

时代不同、创作心态不同、目的不同，创作手法却相同，这就是神话故事与仙话传说的异同之处。

神话与故事

在故事学或者文体学看来，神话是故事的一种；但在文化学和民间文学中，故事又是排序在神话、传说之后的幻想故事、生活故事的简称。这里的故事，就是民间幻想故事、生活故事的简称。

(一)神话、传说、故事的一脉贯通

在民间文学散文作品里，神话、传说、故事是一家。它们都以说故事的形式来塑造人物或叙述事件，从而完成主题的揭示。不同的是，神话以原始观念为基础，传说则与特定的人物、事件或风物密切相关，而故事则以人与人的关系为基础，从而不受神话和传说特性的限制。

1. 故事分类学的依据

广义的民间故事是口头文学中所有叙事散文作品的总称，包括神话、传说、幻想故事、生活故事、民间寓言和民间笑话等。狭义的民间故事(故事学意义上的概念)则只是专指幻想故事、生活故事、民间寓言和民间笑话四种。神话是"老大"，传说排行"老二"，故事则只能排在"老幺"的位置上了。

2. 结构的相似性

神话与传说的结构都是"故事性质"的，只是在产生的时段和风格表现上呈现出不同的风采。这种相似性在长江流域上游少数民族地区的神话传说故事里表现得尤为明显。在这里，神话与传说的界线很难分清，而传说与故事的区别亦很模糊，不像中下游地区神话与传说、故事的区别泾渭分明。

(二)民间故事里的神话因子

在长江流域，"神话并未死亡"。它包含着两层含义：一是它仍在民间口头文学中流传；二是神话创作、结构的因子亦仍在民间故事中存在。

1. 想象，神话创作、修补的前提

在原始意识的作用下，想象是进行神话创作的前提条件。同时，它也是后人对古代神话在流传过程中自然出现的缺失环节进行"弥补"的有效工具。只不过后人的想象，是对创造神话的古人想象能力的一种"模仿"。原始人类的想象则是一种确信不疑的"想当然"、"就是这样"，而不是后人的"大概是这样"，"可能应该如此"等在半信半疑中的"游移"想象。

2. 想象，故事结构的翅膀

如果没有了想象，民间故事的创作就是不可思议的。只有借助想象，民间故事才能张开腾飞的翅膀，产生奇妙的艺术效果。特别是对于幻想故事和部分寓言故事而言，想象更是不可缺少的因子。

(三) 神话风格对故事的影响

具体而言，神话风格对民间故事的影响主要体现在民间幻想故事和后起的传奇故事里，是神话风格导致了民间故事的浪漫性和传奇性的产生。

1. 浪漫性

神话是浪漫主义文学的渊薮，民间幻想故事继承、发展了这种浪漫主义。譬如长江流域广泛流传的"兄弟分家"故事：弟弟分得的狗能耕田。狗被哥哥打死后，坟头上长出的树能长出金子。哥哥去捡，落下的却是鹅卵石。哥哥把树砍了，弟弟把它做了一只捶衣棒。弟弟用它来捶衣，捶得干干净净。哥哥用来捶衣，捶得稀巴烂。哥哥把捶衣棒烧成灰，灶膛里变出了一把金豆子。弟弟吃了放的是香屁，替人薰衣发了财。哥哥吃了放的却是臭屁，挨了一顿臭打。浪漫主义手法成了劝人向善、惩恶扬善的利器。

2. 传奇性

唐代以来，随着市民文学的兴起，从民间文学里分流出了通俗文学。其重要的外在特征，就是讲究情节的奇与巧。它实质上是神话传说浪漫风格发展的必然产物。从唐代传奇，到宋、元时期的话本，无不是以传奇性来贯之。神话的浪漫主义是集体无意识（潜意识）创作的产物，而唐宋文学对传奇性的追逐，则是刻意为之，当然就难以达到天然去雕饰、自然天成的艺术效果，正应了"巧不如拙"的老话。

长江流域汇聚的中国神话传说

长江流域的神话传说大致可分为四大色彩区：上游的云南、贵州等省区，上游下段的四川省、重庆市，中游的荆楚地区，下游吴越地区。长江流域的神话传说以四种方式存在：一是文字记载；二是在民间口耳相传；三是以文物固化的形式记载；四是以戏剧、曲艺为传播载体。

长江流域汇聚的中国神话传说

讨论长江流域的神话传说，首先要弄清哪些神话传说是土生土长的，哪些是传播、汇聚到长江流域的。然后再就长江流域神话传说衍变的内外原因作一简略探讨。可能的话，分区段介绍长江流域神话传说的特点，并就长江流域神话传说存在的方式作一扫描式的介绍。叙述、介绍的顺序当然是依时序进行。

先秦时期的神话传说

（一）关于原始社会的神话传说

关于原始社会的神话传说，长江流域主要有伏羲、女娲、颛顼及其子女、炎帝及其"臣僚"蚩尤、夸父、刑天、共工等人的神话传说故事。

1. 伏羲、女娲

> 太皓(昊)伏羲氏，是传说中的人文始祖。他与女娲氏都是人首蛇身，两人结为夫妻而生育了人类。他发明了"网罟"，教人渔猎，能"服牛乘马"，"养伏牺牲"，又发明了八卦。

「伏羲」

从内容来看，伏羲、女娲当是人类渔猎时代的首领，并有了驯化马牛等大型家畜的经验，文字已处在萌芽状态。就社会形态发展过程来看，作为母系氏族社会的首领，女娲应排位在伏羲的前面。将女娲与伏羲配合，应当是人类进入父系氏族社会的事。由此可以看出，在原始社会，神话传说也会随着氏族的融合而出现新的组合。

2. 颛顼

颛顼是黄帝的后裔。据《山海经·大荒西经》记载，他生下了楚人的先祖老童。楚公室在南下时，把颛顼的神话传说带到了长江中游的荆楚地区。颛顼氏的政绩是"绝地天通"，但他的几个子女却很不争气：一个作了疟鬼，一个作了魍魉鬼，一个叫廋约的儿子则作了穷鬼，"喜取人子养之"的鬼鸟（鬼车鸟、姑获鸟）大约也是颛顼的女儿。这一组神话传说隐藏着颛顼族团在竞争中原权力过程中失利的信息，所以他的儿女们被胜利者们肆意丑化、贬斥。

3. 炎帝

炎黄之争，炎帝失利，但炎帝的臣裔们并不服输。蚩尤、夸父、刑天、共工等，相继与黄帝及其后裔争斗。共工就曾在与颛顼争斗时，怒触不周山，造成天倾地斜。炎帝虽然在军事上失利，但在农耕和医药方面却大有创获。炎帝神农氏对中华文化的贡献主要有：一是农耕的发明创造，二是尝百草，三是发现了"茶"。民间还传说是神农去掉了生姜的毒性，使它成为药、膳两用植物。

「炎帝陵」

（二）关于夏商周三代的神话传说

在夏商周神话传说里，长江流域传诵最多的是"大禹治水"的故事。在古代的长江流域，水患是人们心头的第一忧患，造福于民的伟业，人们自然要千古传诵。相比较而言，关于商周二代的民间神话传说故事就要少得多，主要依靠文献典籍的记载而传世。

1. 鲧

《山海经·海内经》说，鲧是黄帝的孙子。他偷来黄帝的"息壤"，采用"堵"的办法去治理洪水。黄帝大怒，命祝融杀了鲧。鲧死了三年不腐，肚子里孕育了大禹后，才化为黄熊。屈原的《天问》里，对鲧和大禹的事迹都有记录。

2. 禹

据《孟子·滕文公上》记载，大禹受尧的命令，继承父亲鲧的职位治理洪水。除了北方的河流外，他还移师南方，先后治理了汉水、长江和淮河。据袁珂先生概括，大禹有五大政绩：一曰会群神于会稽山，杀后至之防风

[大禹治水雕塑]

氏；二曰逐共工并杀其臣相柳；三曰得羲皇（伏羲）、瑶姬之助以治水；四曰降伏水怪无支祁；五曰化熊通镮辕山。

3. 少康

《楚辞·离骚》记录了"少康中兴"的传说。寒浞氏派浇杀了少康的父亲夏后相，少康逃到了有虞氏部落。在有虞氏的帮助下，少康灭浇复国，成为夏朝的中兴之主。

至于商代的神话传说，除了人们所熟悉的商纣王和妲己外，有地方特色的不多。出土文物所记载的妇好多次南征的事迹在民间传说里一点踪影都不见，想必是被时光湮没殆尽了吧。

4. 周

有周一代给长江流域所留下的神话传说也不是很多，主要有以下几则：屈原《天问》，记录了周祖后稷诞生的事迹，还记录了周昭王南巡汉水，土著以胶船渡王、至中流船解体而溺昭王之事。《山海经》记录了周王封孟涂于巴、以血衣断案的传说。民间有周王之子太伯为避王位而奔荆楚入吴为君的传说。

5. 楚

据《史记》等文献记载，鬼方氏之妹女嬇，嫁给了陆终为妻，怀孕三年，从左胁生出三个儿子，又从右胁生出了三个儿子。他们是昆吾、参胡、彭祖、会人、曹、季连。季连是芈姓楚族的始祖。

(三)长江流域神话传说的衍变

长江流域的神话传说不论是从空间还是时间上都处在不断的变化之中。这种衍变有其内部的原因，也有外部的原因。诸多因素的综合作用，造就了我们今天所见到的混融杂糅的长江流域的神话传说面貌。了解长江流域神话传说衍变的原因，对于研究中国神话传说发展的规律具有十分重要的作用。

1. 内部原因

（1）民族迁徙。民族迁徙，是造成神话传说衍变的主要原因之一。当今居住在湘、鄂、黔毗邻地区的苗族先祖"九黎"，就曾居住在长江中游地区。因为历史上诸多因素的作用，其后裔逐渐沿江上溯、西迁。而这一地区的土家族先祖，则是在北方诸族的压力下从先秦时的巴蜀地区和汉水流域逐渐南迁。居于长江中下游地区的百越民族，后来也向西南地区迁徙或向东向南退缩，甚至漂洋过海至今日之异邦。

（2）人口混融。不论是民族的迁徙还是因为战乱和自然灾害而导致的人口移动，其结果是不同民族和不同地域人口的混融。它表现在民间文学中，就是不同民族、不同地域神话传说故事的交流、融合，从而形成神话传说衍变的直接动因。土家族大二三神帮助女娲娘娘补天的神话传说就是白族、土家族、汉族（还应包括当初的楚人）在鄂西地区混融的结果。

（3）佚失。佚失，是神话传说衍变的一个重要原因（或曰催化剂）。民间神话传说，以口耳相传的方式在历史时空里传递。对于无自己民族文字记录历史和神话传说的民族来说，这种方式的致命伤就是"遗忘"，从细节到情节等都有可能被遗忘。当然，这种遗忘也是神话传说衍变的动力。当某一则神话传说"遗忘"到伤筋动骨时，传播者出于本能而去努力地"恢复"其原貌。其依据的修复材料是想象、借鉴（自以为相近、相似的神话传说）。其结果是变异——异文的出现或新近的神话传说替代了原有的神话传说。

2. 外部原因

（1）文化扫荡。先秦时，长江流域诸族被中原华夏诸族视为"蛮夷"，是征服的对象。征服后的文化扫荡也在所难免。秦始皇"焚书坑儒"，楚人的典籍《梼杌》当然是在劫难逃者。所以自四川以下的长江流域民间，现在所能见到的较为古老的神话传说很可能只是其原数量的"太仓一粟"。

（2）覆盖与封锁。北方势力的南下带来了北方的文化，其中也包括神话传说。长江流域的原居民大部分向西南方退缩，其孑遗所保留的神话传说先是呈孤岛状存在，最终也被南下的神话传说所覆盖。

对退缩到长江中上游的民族，历代统治者大多采取"隔离"（封锁）政策。这些地方神话传说的流播面相对来说要小得多。流播面愈窄，也就愈容易"佚失"。但正是这种封锁的政策使得长江中上游地区相对较少地受到外来（北方）神话传说的冲击，保有较多的原生态的本民族、本地域的神话传说，相对减缓了本地域、本民族神话传说的"衍变"速度。

（3）教化。历代封建统治者所推行的教化，则是一种有意识的文化统一行为。它对保存该地区的民族民间神话传说而言则未必是福音。清代的改土归流，使得土家族逐渐加快了汉化的速度——其副产品就是一批神话传说异文的出现。

长江流域神话传说的分布

先秦时代，长江流域的神话传说大致可分为四大色彩区：上游的云南、贵州等省区，以各民族拥有各自信奉的神灵、流传着各自的神话传说为特征；上游下段的四川省、重庆市，则以巴蜀神话传说为特点；中游的荆楚地区，以楚神话传说为标志；吴越神话传说，是下游地区的当家内容。

(一)群神分立踞云贵

若论神话传说的民族、种类的密集度，恐怕没有什么地方能够超过长江上游地区的云贵高原了。就民族而言，有白族、布依族、侗族、仡佬族、苗族、纳西族、水族、瑶族、彝族、藏族等。各族都有自己供奉的神灵和祖先神，也有相应的神话传说。在这里，群神相安无事，各自有自己的传播领地和对象。个别文化交往密切的民族之间，神话传说亦有相互影响、借鉴和"共生"的现象。如湖南白族与土家族所信奉的"大二三神"就是一例；湖南省西部的"梅山神"就一直影响着这里的苗、瑶、土家族。

1. 夜郎竹王

夜郎国王就是竹王。一位女子在水边浣洗，三节大竹漂到她脚边，推也推不开。破开竹子一看，里面有一个男孩。长大后自立为竹王。一次，他命从人作羹，从人说没水，竹王以剑击石，石破水出，这就是后人称呼的"竹王水"。竹王传说在湘、鄂、渝、黔毗邻地区广为流传。

2. 洱海黄龙

云南大理市有一座洱海神祠，供奉的是一条黄龙。传说有一位砍柴的女子，在山间吃了一颗青桃，生下一个男孩。她把男孩丢在山间，但经常有巨蛇衔来食物喂他，女子就把男孩带回了家。男孩长到了12岁，在龙潭饮水时，觉得水有点温热，就说，龙王大概生病了吧！男孩下到龙潭用草药治好了龙王的病。龙王留他在龙宫里玩耍。一天，他好奇地穿上一件黄龙衣，马上变成了一条黄龙。龙王生气了，命他去打败惹是生非兴起洪水祸害百姓的黑龙。打败黑龙后，他变成一条小蛇，回到了洱海边，成为洱海水神。

（二）蚕丛、鱼凫坐巴蜀

巴蜀地区的神话传说可细分为两部分。一是蜀地神话传说，一为巴地神话传说。而文献史料中又以蜀地神话传说为多。

1. 蚕丛、鱼凫、杜宇、李冰

蚕丛，又称蚕丛氏，古代神化传说中的蚕神，也是蜀国首位称王的人。而鱼凫是古蜀国五代蜀王中继蚕丛、柏灌之后的第三个氏族。蜀人的祖先，从"教民养蚕"的蚕丛到"教民捕鱼"的鱼凫，都和农业生产有关。

蜀王杜宇本是一位猎人，他救出了被恶龙困在五虎山中的龙妹，两人一起治理了恶龙掀起的洪水，被拥戴为蜀王。杜宇的贼臣与恶龙勾结，囚禁了杜宇和龙妹。杜宇死而魂魄化为杜鹃鸟，返回故宫绕龙妹而飞，龙妹也悲恸而死。

秦昭王派李冰为蜀郡太守，李冰根除了为江神娶妻的陋俗，化身为水牛与江神争斗，终于除掉了为非作歹的江神；又与儿子"二郎神"兴修水利，造福一方。

2. 廪君、巴蔓子

廪君的神话传说，是巴地巴人传说的核心内容。从巴、樊、瞫、相、郑氏掷剑、乘土船争神为君长，到射杀盐水

「李冰父子雕塑」

女神，都十分具有传奇色彩。廪君之后又有巴蔓子的传说：因巴国内乱，巴蔓子向楚国许以三座城池以借兵平定内乱。事毕，巴蔓子以头谢楚使，充满阳刚之气。

（三）祝融、鬻熊抚荆楚

这里用祝融、鬻熊指代楚国统治者，因为他们是楚人的祖先。楚国立国长江流域八百年，留下了许多神话传说，撮要来说，有如下几个方面：

1. 祝融、鬻熊

祝融和鬻熊，分别是楚人的远祖和近祖，也是楚人虔诚奉祭的祖先神。楚国别封之君夔子不祀祝融和鬻熊，楚人以为大逆不道，举兵攻灭了夔国。

> 传说祝融本名重黎，任帝喾的火官。因建有"光融天下"的殊功，被帝喾命名为"祝融"。在神话中，他是火神兼雷神，是辅佐南方天帝——炎帝的天神。重黎有个弟弟叫吴回，也做过祝融。

祝融的儿子陆终娶了鬼方（西北游牧民族）酋长的妹妹女嬇为妻。相传陆终的六个儿子是从女嬇的胸前、背后和腋下出生的，分别是樊（昆吾氏，已姓）、惠连（参胡，董姓）、篯（彭祖氏，彭姓）、求言（会人，妘姓）、安（曹姓）、季连（芈姓）。最小的儿子季连便是楚人的直系先祖。

2. 长寿彭祖

楚地民间神话传说这样解释楚人先祖季连之兄彭祖（姓篯名铿）寿长八百年的秘密：写有彭祖姓名的纸条，被搓成纸绳用来订判官的生死簿了。是彭祖最后一任妻子向阎王爷揭发了这一秘密，彭祖的魂才被阎王爷拘去。还留下了"不到黄河心不死"的俗语：仙人约定带彭祖去看800年一清的黄河水。所以，彭祖人死心不死，直到仙人把

「彭祖画像」

他的心带到黄河边上才停止跳动。

3. 典故传说

在先秦时期长江流域的神话传说中，位于长江中游的荆楚地区见诸文献和民间流传的数量最多的是巫山神女、卞和献玉、高山流水、百步穿杨、一鸣惊人、优孟衣冠、鲁阳挥戈、龙生虎养凤遮阴等。

在长江中下游地区，自古以来，人们同情伍子胥因忠心而蒙冤，竭力而受屈，并不计较他去楚入吴，对他引兵入郢、掘楚平王墓而鞭尸之事，也很少批评，不但未让他遗臭万年，相反是同情他被吴王赐死而让他成为潮神。伍子胥的故乡人传说他生来异相，牙齿和肋骨都是整块的，头发硬得像钢针，力大无穷，堪称楚国的活宝。在秦国临潼斗宝时，楚太子就凭伍子胥这个活宝，赢回了秦国的公主。

4. 鲁班、孔夫子

鲁班曾到楚国为楚王造云梯以攻宋，在楚地留下了许多传说：如鲁锯郢斧，赵佬送灯台——一去不回来，还有鲁班愚弄楚惠王——为他雕像时，给他只雕一只耳朵、一只眼睛的趣闻。

「孔子」

楚地百姓并不怎么喜欢孔夫子。孔子曾经打算到楚国一展宏图，但不太走运。第一次往楚国，孔子路遇项托，被诘问得无言以对。到了楚地以后，他又遇见楚狂接舆，受到一顿嘲笑。住进客店，店主用孔夫子"父母在，不远游"的理论很好地"以子之矛，攻子之盾"地把他"戗白"一番。

5. 亡秦必楚

楚人在军事上败给了秦，但在精神上却决不让分毫。明明国为秦人所灭，楚人却偏要发誓说，"楚虽三户，亡秦必楚"。秦始皇南巡到了君山，楚人就让君山神（湘君）给了一点颜色给他瞧瞧——刮起大风，下起大雨，让秦始皇动弹不得。

6. 淮南王刘安

传说淮南王刘安雅好方术，门下有八位方士为他炼金化丹。丹成后，八位方士与刘安一起登上山头,白日升天,鸡犬舔食后也随之升天,留下了八公山的地名。这与刘安为汉皇所杀的正史记载完全不同。

(四)夫差、勾践争吴越

长江下游吴越地区的神话传说,以介绍先秦时期吴国立国和吴越纷争为主要内容特色。

1. 吴国传说

吴王阖闾曾亲率大军征伐侵吴的东夷,追至大海遇到大风,粮草不济。阖闾焚香祷告,海上涌来一群黄鱼,解决了吴军的饥馑。而东夷却一条黄鱼也没捞到,只好投降。

吴王小女儿紫玉与韩重恋爱的传说,对后世的"倩女离魂"、"牡丹亭"故事不无开辟之功。韩重外出求学,韩母依约替儿子去求婚遭吴王拒绝,紫玉也"结气"而死。韩重归来,紫玉魂魄与他相见,赠给他一颗大夜明珠……传说可谓缠绵悱恻,感人至深。

吴王阖闾死后葬在闾门外,筑墓三天后就有一头白虎盘踞其上,当地人称之为虎丘。秦始皇东巡时,想掘墓取出吴王宝剑。白虎当坟而踞,秦始皇以剑击之,却击中旁边的石头。老虎走了,

「虎丘剑池」

这个地方下陷成池,人称"剑池"。

2. 西施与范蠡的传说

民间传说对西施倾注了充分的同情和怜爱。迷惑吴王、扰乱其朝政是西施肩负的秘密使命,她和范蠡在到吴国的路上产生感情,两人不仅同居而且生下了一个儿子,为日后灭吴成功、两人相伴泛舟五湖埋下伏笔。关于西施的结局,长

「西施范蠡」

江下游有三种说法:一是说她与范蠡白头偕老;二是说她被杀;三是说她终未能与范蠡再结连理,郁郁终老。

越国灭吴之后,范蠡接西施归国,一根柳枝被风一吹扫在她脸上,划出一道红印。范蠡把柳枝折了下来,顺手递给了西施。西施把它当作信物珍藏起来。后来,范蠡急流勇退,却来不及带走西施,她就留在越宫被勾践供养到老。临终时,她嘱咐把柳枝插在坟头。第二年,柳枝发芽长叶,长成了一棵柳树,从此形成了清明上坟拗柳、插柳的习俗。

3. 越国传说

越国的传说,多与剑器有关。越国的制剑名匠有欧冶子、干将、莫邪等;名剑有"越王八剑"及干将、莫邪、纯钧、湛卢、豪曹、盘郢、鱼肠、巨阙等。传说"越王八剑"具有独特的功能:掩日剑,指日则日光晦暗;断水剑,划水则水开不再合拢;转魂剑,指月则月中蟾蜍、玉兔都倒转过来;悬剪剑,飞鸟触之则如被斩截;惊鲵剑,海中鲸鲵见之则远避深潜;灭魂剑,夜行时能辟鬼魅;却邪剑,能降妖魅;真钢剑,切金断玉如削土木。

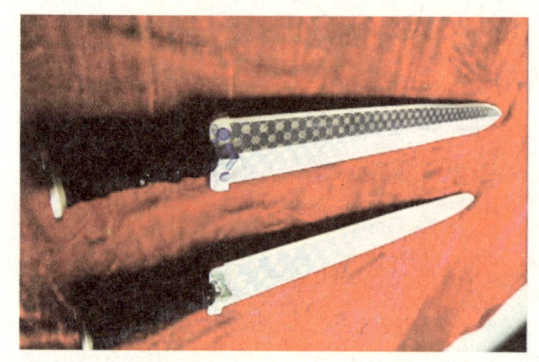

「干将、莫邪剑」

4. 吴越地区的外来传说

吴越之地,后来大都并入了楚国的版图,楚国的传说也逐渐浸润于兹。千古流传的俞伯牙遇钟子期的传说,就在吴地丹阳(今江苏丹阳市)落地生根。吴地的传说,把俞伯牙遇钟子期的地点移到了丹阳西乡马鞍山下,还说西乡黄庄村东钟姓祠堂里匾额上的"知音堂"三个字是俞伯牙题写的。

伍子胥弃楚奔吴时,在吴越交界处得到一个姑娘的一饭之恩。楚平王死后,伍子胥被请回楚国当了宰相,到处寻找那位姑娘,谁知姑娘为了逃避做君王的妃子,已经上吊自尽了。伍子胥拿出一千两黄金给姑娘的母亲养老。从此以后,人们就说,一女值千金,把女孩称作"千金"了。

中原管鲍分金的传说,在丹阳留下了"分金桥"的地名。孔子为子路题写的"三善堂"匾额,也因为子路的后裔(姓仲)南迁而被带到吴地。其相关的传说,当然随之迁移。

长江流域神话传说的存在方式

长江流域的神话传说以四种方式存在：一是文字记载，包括正史、野史和历代笔记小说等，这种记录可能再次成为民间口头传说再创作的材料和根据；二是在民间口耳相传，变异性较大；三是以文物固化的形式记载，这种记载可以是文字的，也可能是图案等其他形式，后者需要书面材料或口头传说资料的破译和证明；四是以戏剧、曲艺为传播载体。

(一)楚典汉籍中的长江流域神话传说

概略说来，记载有长江流域神话传说的文献典籍，有《庄子》、《楚辞》、《左传》、《国语》、《战国策》、《淮南子》、《山海经》、《吴越春秋》、《越绝书》、《史记》、《汉书》以及《列仙传》、《博物志》、《搜神记》、《搜神后记》、《荆楚岁时记》、《渚宫旧事》、《武林旧事》、《钱塘遗事》、《华阳国志》、《西湖游览志》、《三言》、《二拍》等。

(二)少数民族宗教典籍里的神话传说

愈是靠近长江上游地区，少数民族就愈是被封闭，汉化程度就愈小，原生宗教和人为宗教（主要是前者与后者融合后的半原生态宗教）也就愈发达，所保存的原生态的神话传说就愈多。

在云贵高原，少数民族地区的神话传说主要保存在民族宗教典籍里。

1. 白族

> 白族盛行本主崇拜，还信奉佛教和道教。据民间传说的说法，本主共有"五百神王"，也就是说，每个村寨至少有一位"本主"，而每一位本主都有相应的神话传说作背景。

白族主要的神话传说作品有创世神话《人类和万物的起源》、《开天辟地》、《石明月》、《日月从哪里来》、《氏族的来源》、《虎氏族的来历》、

《狩猎神话》、《兄妹成亲和百家姓的来源》、《为什么用牛耕地》、《稻子树》、《五谷神王》等；图腾神话主要作品有《九隆神话》、《木莲神话》、《金鸡和黑龙》、《白崖天子》、《红沙石大王》、《石头皇帝》等；本主神话主要作品有《沙漠大王》、《太阳神本主》、《大黑天神》、《猎神杜朝选》、《段赤诚》、《药神孟优》、《黄牛本主》、《柏洁夫人》、《河头龙王的家系》等；白王神话主要作品有《草白王放羊》、《白王打天下》、《辘角庄》、《果子女与段白王》、《美人石》、《白王与石鼓》、《白姐阿妹》等；密教神话主要作品有《南诏图卷·文字卷》、《白国因由》等；民间流传的有《观音收罗刹》、《负石阻兵》、《五十石》等。

2. 布依族

布依族把宗教经典称之为"摩经"，它以两种方式传承：一是口耳相传；另一种是用汉字或仿汉族"六书"法创造的方块字记录布依语音，即成为书面摩经。大多记录神话传说，主要有《访几经》、《请龙经》、《赎买经》、《退仙经》、《招魂经》等。

3. 侗族

侗族没有自己的民族文字，其神话传说主要在民间口头流传，主要作品有《开天辟地洪水登天》、《棉婆孵蛋》、《繁衍人烟》等。

4. 仡佬族

仡佬族祭祀仪式的诵辞中包含有大量的神话传说。其中较著名的是创世古歌《叙根由》，其主要内容有《铁牛精那约》、《巨人由缘》、《阿仰兄妹制人烟》、《阿利捉风》、《打虎擒獐射羊》、《砍树造房》、《挖矿炼铁》、《找草果》等。

5. 苗族

苗族口传巫经《吃牛古根》讲述了天地的产生、山川的形成、人类的起源和繁衍、苗族的迁徙、吃牛的原因等内容。《苗族古歌》堪称苗族神话传说的集大成者，它包括《开天辟地歌》、《古老话》、《金银歌》、《开天辟地》、《开山辟土歌》、《枫木歌》等内容。

6. 纳西族

纳西族的神话传说大多数保留在东巴经和打巴口诵经里。主要作品有东巴经的创世神话《祭天古歌·查班绍》（人类繁衍）、《崇般图》（创世

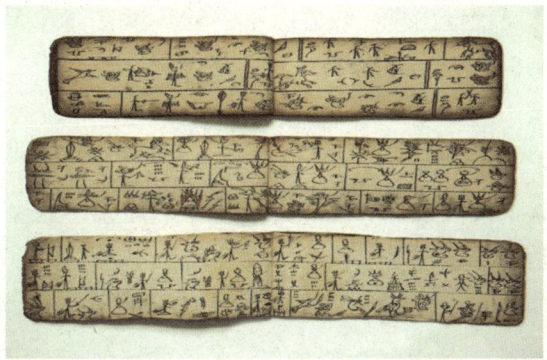

「东巴经」

纪)、《祭天口诵经·洒奠祭酒》、《崇仁丽恩解秽经》、《丁巴什罗固蒙吐贝》(丁巴什罗传略)等;女性崇拜和母系血缘婚神话作品有东巴经的《猛厄绪》、《多萨欧吐哲作》、《鲁搬鲁绕》、《祭天经·素库》(招迎家神)、摩梭人的《格姆女神的故事》、《人母和龙母》等;动植物神话有《白蝙蝠取经记》、《当恩·拉统贝》(超荐能人·虎的来历)、《西恩·贡充》(超荐死者·马的来历)、《休曲术埃》、摩梭地区的《鹰神汁迟嘎尔》、《青蛙丈夫》等;创造神话有《崇仁潘迪彻舒》(找神药)、《祭天经·考赤绍》(索取长生不老药)、《祭天经·鲍麻鲍》、打巴口诵经《母鲁阿巴都造福人类》等;英雄神话作品有《董埃术埃》(黑白战争)、《哈斯战争》、《高来秋受沃》、《普尺阿鲁哲作》、《古都生丁哲作》、《什罗飒》、打巴口诵经《智慧勇敢的阿土那佳若》、《歌颂玛补子汝神》等。其他还有摩梭人的《失踪的猎犬》、《洪水滔天》、《阿巴都神安排人类万物的寿命》、《舅父奔丧》、《火葬的来历》、《烧杜鹃木的来历》等。

7. 水族

水族虽然有自己的文字——古老的水书,但它并不能用来全文记录水族的神话传说。水族的神话传说基本上靠口耳相传的古歌来传播。水族古歌作品有《开天地造人烟》、《开天辟地》、《古双歌》、《诘俄牙》、《开天地调》等,还有一些口头流传的神话传说故事。

8. 土家族

土家族神话传说因受汉文化影响较大,散佚较为严重,不像西南地区其他少数民族有较完整的"古歌",以歌谣的形

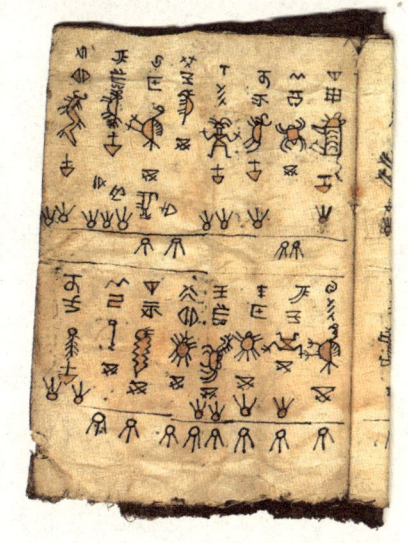

「古老的水书」

式完整地保留古代神话传说的情况较少出现，仅在《摆手歌》里有《开天辟地》等内容，而以民间口头流传的神话传说故事为主。

9. 瑶族

瑶族的神话传说主要保存在三类典籍中，一是创世古歌《密洛陀》；二是瑶族古老宗教的经文唱本《盘王大歌书》和瑶族师公所用的瑶族古老经书《神唱》里；三是这两者之外的《过山榜》。

10. 彝族

用彝文著述的书被称为"彝经"，其中有一类就专门记述彝族神话、史诗、传说、故事、仪式歌，等等。彝族的古歌较为发达，有《查姆》、《勒俄特依》、《阿细的先基》、《梅葛》、《门咪间扎节》、《天生地产》、《天地论》，等等。

(三)蕴藏丰富的民间文学

民间文学无疑是最早的文学形态，当然也是中国神话传说的渊薮。我们现在所能见到的文献典籍中的神话传说，仅仅是历代神话传说中的冰山一角、九牛一毛。研究长江流域的神话传说，必须把视野拓展到长江流域的民间神话传说中去，应把文献资料与民间神话传说结合起来进行对照研究。长江流域的神话传说，以多种形态存在于长江流域的民间文学之中，下面试类析其特点。

1. 日白粉经：民间故事里的神话传说

> "日白粉经"是长江中游地区对民间讲故事民俗活动的一种俗称，其意同于四川省的"摆龙门阵"。

长江流域神话传说故事的分布极具特色，上游地区神话故事与传说故事的比值较大，其内容也较为古老；下游地区则传说故事所占的数量及份额较大，古老的神话故事处在逐渐散佚的过程之中，或曰正逐渐向传说故事转化。

中下游地区受北方（中原）神话传说故事的影响明显要大于上游地区，这是南北交通方便所带来的负面影响之一。

长江流域汇聚的中国神话传说

> 上游地区的神话传说故事在思想意识方面，包容着较多的原始意念，受原始宗教文化影响甚大，民族民间原生态文化烙印明显，古朴生动；而下游地区则已杂糅较多的理性色彩和儒、释、道意识，且受民间说书艺术的影响，有些已开始讲究情节和结构技巧。

有时，同一神话传说题材分别以韵文和散文的形式表现出来。韵文包括史诗、古歌、叙事长歌等，散文则是民间神话传说故事。两者相比，从整体来看，韵文结构较为完整，但叙述语言较简洁，似可视为散文形式的"简本"。从细节及人物形象的丰满度来看，散文形式的神话传说故事细节更为详尽，人物性格也更为丰满，但多以"折子戏"的形式出现。瑶族神话《密洛陀》，就有韵文与散文两个版本。

2. 颂神唱祖：民间歌谣里的神话传说

这里所说的民间歌谣，是指除史诗和叙事长诗之外篇幅短小的民间韵文作品。民间歌谣里至少有三个类别与神话传说有关。

一是历史传说歌。其咏唱的内容全都是神话和传说，分为单唱和串唱。单唱是指在一篇作品里，只咏唱一件历史事件或只唱一个（或一组）历史（神话）人物，如湖北省宜昌市长阳县土家族的《向王天子一只角》："向王天子一只角，吹出一条清江河。角声高，河水涨；角声低，河水落……"串唱则是把不同历史时期或不同民族的人或事串接在一起咏唱，如《十二月唱古人》、《十唱古人》，有时甚至把历史时序颠倒过来唱。

二是风俗礼仪歌。民间在举行祭祖、做屋上梁、贺寿和婚丧嫁娶时都要吟咏一些赞辞，这些赞辞里常常包含一些神话传说——传说的比例稍大于神话。只不过是语言较为简洁，有时仅是提及而已。长江中游地区办丧事时，作兴打丧鼓，歌辞内容少不了要咏唱古人，宣传"自古英雄谁无死"，劝人节哀顺变。

三是歌头与盘歌。在长江中上游地区的民间风俗活动中，歌唱者之间的对歌、盘歌活动是极其频繁的。其一问一答，答后反问，互相"掉书袋"，盘问对手对神话历史传说究竟知晓多少。面对此情此景，揣测2000多年前屈原的《天问》是古代楚国巫师（歌手）相互盘问的"考试大纲"

恐怕也不会错到哪里去。这三类歌谣中以传说歌为主导。

3. 祭神咏史：民间史诗里的神话传说

在云贵高原，少数民族民间史诗常常与民族宗教典籍缠夹在一起。就一般而言，史诗往往包容在宗教典籍里，是宗教典籍的一个重要组成部分。但也有一些是与宗教典籍无关，可以单独演唱的，如彝族的《阿细的先基》、瑶族的《过山榜》等。

> 长江流域的史诗有一个共同的特征，那就是：它一般用在庄严肃穆的祭神、祭祖、还愿场合。所咏唱的诗篇都较长，多者长至需咏唱几天几夜。所咏唱的神灵、祖先事迹完整，时间脉络清晰。

4. 说古唱今：民间叙事长歌里的神话传说

古诗《孔雀东南飞》，就是长江流域最早的民间叙事长诗。到了当代，长江中下游地区的汉族民间发现了近百部叙事长诗，如中游地区的《双挖堤》、《孟姜女》、《钟九闹漕》、《双合莲》，下游地区的《五姑娘》等。

(四)戏曲曲艺里的神话传说

神话传说为戏曲曲艺提供了创作素材，戏曲曲艺使得神话传说的流传范围更为广泛和久远。戏曲曲艺是保存神话传说的又一种方式。长江流域进入戏曲曲艺的神话传说作品为数不少，择其要而言之，今日所见者有：上古的神话传说《嫦娥奔月》和取材脱胎于牛郎织女的《天河配》。下面依时序作一提要述介（序号后面是所涉及的神话传说内容，书名号里是戏曲曲艺名称）。

1. 荆楚

(1) 楚王室：《楚昭王》、《芈建游宫》；

(2) 庄子：《蝴蝶梦》、《庄周梦》、《大劈棺》；

(3) 伍子胥：《武昭关》、《文昭关》、《伍员吹箫》、《二胥记》；

(4) 屈原：《读离骚》、《汨罗江》、《怀沙记》、《屈子竞渡》；

(5) 宋玉：《高唐梦》、《春芜记》。

长江流域汇聚的中国神话传说

2. 吴越

《专诸刺王僚》、《西施》、《浣纱记》、《五湖游》。

3. 秦

《赶山塞海》、《孟姜女》、《长城记》。

4. 楚汉

《气英布》（刘邦）、《圯桥进履》、《赤松记》（张良）、《萧何月下追韩信》、《追韩信》、《千金记》（韩信）、《霸王别姬》（项羽）。

5. 两汉

(1) 王昭君：《汉宫秋》、《昭君出塞》、《和戎记》、《昭君梦》、《汉明妃》；

(2) 司马相如、卓文君：《私奔相如》、《琴心记》、《茂陵弦》；

(3) 董永：《天仙配》、《槐荫树》、《织锦记》。

6. 三国

(1) 刘备：《鼎峙春秋》、《草庐记》、《古城记》、《古城会》、《甘露寺》、《回荆州》、《哭祖庙》；

(2) 诸葛亮：《博望烧屯》、《空城计》、《失空斩》、《定军山》、《群英会》、《借东风》、《芦花荡》、《隔江斗智》、《卧龙吊孝》；

(3) 关羽：《斩貂蝉》、《斩貂》、《义勇辞金》、《千里独行》、《襄阳会》、《水淹七军》、《单刀会》、《刀会》、《华容道》、《关公显圣》、《西蜀梦》；

(4) 赵子龙：《长坂坡》；

(5) 吴：《黄鹤楼》、《乔府求计》。

7. 晋

《卧冰记》（王祥）。

8. 唐

(1) 西游记：《西游记》、《陈光蕊》、《慈悲愿》、《江流记》、《闹天宫》、《孙悟空三打白骨精》、《借扇》；

(2) 李白：《太白和番》；

(3) 八仙：《岳阳楼》、《城南柳》、《牡丹对药》（吕洞宾）、《蓝采和》。

9. 两宋

(1) 包公：《盆儿鬼》、《秦香莲》、《铡美案》；

(2) 苏东坡：《东坡梦》、《贬黄州》、《赤壁赋》、《眉山秀》；

(3) 岳飞：《岳家庄》、《岳母刺字》、《精忠旗》、《精忠记》、《续精忠》、《战潭州》、《挑滑车》、《八大锤》、《翠楼败金》、《扫秦》、《东窗事犯》、《牛皋扯旨》；

(4) 韩世忠、梁红玉：《麒麟閣》、《战金山》；

(5) 文天祥：《厓山烈》、《西台记》、《冬青树》；

(6) 潘必正、陈妙常：《玉簪记》（《琴挑》、《追舟》、《秋江》）。

10. 明

《花前一笑》、《花舫缘》（唐伯虎）。

11. 其他

(1) 观音：《香山记》；

(2) 柳毅传书：《柳毅传书》、《桔浦记》、《乘龙佳话》；

(3) 蔡伯喈、赵五娘：《蔡伯喈》、《琵琶记》、《赵五娘》；

(4) 梁山伯与祝英台：《访友记》、《梁山伯与祝英台》（《双蝴蝶》、《柳荫记》）；

(5) 白娘子：《白蛇传》（《盗仙草》、《上金山》、《金山寺》）、《雷峰塔》（《水斗》、《断桥》）、《称心缘》；

(6) 紫姑：《紫姑神》。

(五)文物里的神话传说

考古文物也负载有神话传说，这是一个不容置疑的事实。就目前所见到的出土文物来看，文物负载神话传说的形式有两种。

1. 以文字的形式记录神话传说

湖南长沙市出土的楚帛书记录了伏羲女娲婚配后生下四子，封为四时之神的神话传说；此外，楚帛书还记录了一些神话人物，如"伏牺（伏羲）、炎帝、祝融、共工、女皇、帝俊、禹、契"等。湖北荆门市出土的包山楚简记录了楚人所祭祀的一些神灵和祖先的名字，如"太、蚀太（太一）、社、后土、地主、野地主、宫后土、宫地主、司命、司祸、大水（天水、天汉、银河)、二天子、崏山、五山（山神)、老童、祝融、鬻熊"等。

2. 以图形的形式记录古代神话传说

湖南长沙马王堆汉墓出土的彩绘帛画，上部绘有日月，日月里分别绘有金乌和蟾蜍。整幅画的布局按天上、人间、地下纵向排列。其内容与我们所知的楚地神话传说内容多有契合之处。还有河南、四川等地出土的汉代画像砖及石棺，其画面上的伏羲、女娲正如古文献所记载的是"人首蛇身"。

「马王堆汉墓T形帛画」

长江流域的创世神话

原生态神话包括开天辟地、万物起源、人类起源、洪水泡天、再造人烟、始祖神话、氏族来源等内容。各民族神话交流后又产生了"次生神话"或"共生神话"。将这些神话故事经过系统化、职能化"排序"以后,就诞生出"再生神话"。

创世神话包括开天辟地、万物起源、人类起源、洪水泡天、再造人烟、始祖神话、氏族来源等内容。它属于原生态神话,为了叙述的方便,我们将次生、共生、再生神话放在它的后面一并介绍。

原生神话

原生神话是最先产生的神话故事。它解释的是世界及其万物诞生的过程和由来。它表现了原始人类对世界和自身的认识观,并为后来的神话创作、神话理论研究树立了一个标杆。

(一)天地开辟、万物起源

人们研究神话传说,较为重视"开天辟地"的创世工程,而对世界创造出来以后的"后期加工"神话传说不太注意,但缺少了它们,"开天辟地"的过程是不完整的。

1. 盘古开天辟地

在上古(生息在长江、黄河流域)人类的眼里,盘古爷就是"宇宙"、"世界"的始祖和创始人。是他从混沌中抡起板斧,分开了天和地,用他的伟大身躯化成了世上的万物。

成都市的民间神话说,盘古是孕育在原始胚胎里的一个狮头人身的巨人。因为原始胚胎的外面有十个太阳烤着,他热得受不了,便用拳头一阵乱打,打爆了原始胚胎,于是天地才分开。过了不久,巨人被十个太阳晒死了,他的身躯化成了大地上的山岳、海洋、泥土、树木、青草……

长江中游鄂东地区的《盘古斩蟒开天地》说:盘古氏在混沌山上活了12000年才化成人形,又过了12000年,他的肚子里长出一颗有灵气的心和一双能看见万物的眼睛。这时候的

「盘古」

天地之间有两条巨蟒化作青、黄二气作怪，弄得整个世界风沙迷漫。盘古在一个山洞里发现了一块神铁。他把神铁做成一把斧头。用它砍死了青、黄二蟒。青蟒化作一股青气上升，成为苍天；黄蟒化成一股黄气，变成了泥土下坠，成了地。

盘古被苗族奉为创世神，说是古时候，神叫修狃，吐出丝来做了一个窝，然后产下一个蛋，从蛋里孵出了盘古。盘古出世（出壳）时，蛋壳裂成了两半，上半爿成了天，下半爿则成了地。

2. 开天辟地并非盘古一人

盘古被西南地区的不少民族奉为始祖神，称他开辟了天地，但又宣称并不是他一个人创下了开天辟地的伟业。湖南湘西苗族说，盘古开天以后，是另一个大神南火"立地"。还有一种说法是，盘古开天以后，天没撑稳，地也没撑好，垮掉了，是另一个大神晴皓才造好了地。

作为古百越民族后裔的侗族的创世神话说，是古老在混沌之中，用手把天推上，用脚把地踩下，才分开了天地。这以后盘古才来创造万物。是古老和盘古生下了天王、地王十二兄弟和人王九兄弟，才有了世界上的万事和万物。

在长江中游汉族地区也有人说：当初，混沌卵里孕育的是天父、天母。天父撑开了混沌卵，混沌卵的上半爿往上升，变成了天，下半爿重些，下沉变成地，中间蹦出的胎胚就是人。天父是在胎体里长大的，后人就把他叫作盘古。地母是像旋涡一样旋在里面的，后人就把她叫作"女娲"。

3. 其他神人也曾开天辟地

千百年来，长江中上游的部分少数民族以史诗或以民间神话传说形式传颂自己民族的创世英雄。

（1）彝族。彝族史诗《查姆·天地起源歌》说，彝族最大的神黑埃波罗赛（有时也讲成盘古）生了一个蛋，这个蛋有三层，蛋皮变成了天，中间的蛋白变成了日月星辰，最里面的蛋黄变成了大地。

彝族史诗《梅葛》的《创世》说：格兹天神用九个金果变成九个儿子，让其中的五个去造天，又用七个银果变成七个女儿，让其中的四个去造地。造天的用伞做模子，用蜘蛛网做天的底子；造地的用轿做模子，用蕨菜根做地的底子。这样造成了天和地。

长江流域的创世神话

彝族史诗《勒乌特依》记载，天神恩体古兹命令铁匠神阿尔师傅打碎九口铜铁锅，制成四把铜铁叉，交给四位仙人去分开天地。结果，东南西北方各裂开一个口子，东方、西方的口子生出风，南方、北方的口子流出了水。他们从地上取来铜铁球，制成九把铜铁扫帚，交给九位仙女，把天往上扫，扫得蓝茵茵的；把地则往下扫，扫得红艳艳的；又扫出四根撑天柱子撑天，扫出四根拉天梁拉住天，扫出四个压天石压住天。阿尔师傅又造出九把铜铁斧交给九位男神去斧平地面。

彝族《涅侬佐颇造天地万物》格外与众不同。在这里，涅侬佐颇让众神先造日月星辰雾露，然后才造天造地。他们"把天造得像篾帽一样，把地造成像簸箕一样"。

（2）苗族。在黔东南苗族的创世神话中，苗族创世神友央的妻子妞香婆（友央妞香婆）与夫君合作，把盘古开辟的天和地，经过了扒、拉、捏、压等工序才彻底分开，完成了盘古的未竟事业。

在湘西苗族神话里则明确说，是盘古开的天，南火立的地。又说，是晴皓（龙的化身）捉了四只鳄鱼来撑天，然后造出了平原和山岭，开浚了江河，造出了湖海。还说，是创世神纳罗引勾以自己粗壮的手臂作柄，以手掌作刀，将叠合的天地劈开。

（3）水族。水族古歌《开天辟地》和《开天地造人烟》说，是牙巫"把天掰开"，"把天撑住"。牙巫把天地掰开后朝里面猛吹了一口气，天和地在一声巨响中裂开，左边成了天，右边成了地。

（4）土家族。洪荒时代，墨特巴叫张古老做天、李古老做地。张古老忙了七天七夜，把天做好了。李古老慌了手脚，毛手毛脚地把地造得坑坑洼洼、高低不平。

（5）侗族。侗族神话说，是颠光、柱谊两神造的天，赐广、乐尉两神造成了地。又说，是姜古造的地。在混沌之时，姜古受玉皇大帝之命造地。

（6）瑶族。在远古洪水以后，世上万物毁灭，尼托兄妹躲进葫芦大瓜而幸存。尼托自恃力气大，只在白天里慢吞吞地干活，结果把天造小了。尼托妹妹日夜加班加点地干，造出的地又大又宽。

（7）汉族。四川成都市有一则神话说：天地未分开以前，世上一片黑暗。一对名叫勇力神的夫妻在几个老人的指点下，为人们去寻找光明。夫妻二人经过千难万险找到一个透着光亮的洞穴。他们用背托起洞顶，最后双双吐血而亡。人们把他们托着的地方称作天，把他们脚踩的地方称作地。直到现在，人们还说，日出、日落时的红光是他们的鲜血染红的。

4. 神兽也能开天辟地

四川省藏族这样解释"天和地"的来历，说是有"一只人面大鸟，名曰马世纪。它摇左翅有了天空，摇右翅有了大地"，从而开辟了天地。显然，它是远古动物图腾崇拜残留在神话里的遗存。四川藏族还有一则神话说，天地是一只蚂蚁（天神夏都）开辟的。

四川省傈僳族《冰天鹅、冰蚂蚁造天地》的神话说，冰天雪地中凝聚出一根冰葫芦藤，结了五个冰葫芦。第一个里面装的是一对天鹅和一对蚂蚁；第二个、第三个里面是太阳和月亮；第四个里面是一棵松树；第五个里面是神人俄沙扒莫。葫芦爆开后，天鹅去造天，蚂蚁去造地。天上有了日月和星星，地上有了松树，松树上结出了各种各样的树种和粮种，而且世上也有了统管万物的神人。

5. 天、地尚需加工

不论是盘古还是其他的创世神人，极少有一下子就把天地安排妥当的，都或多或少留下一些"尾巴"，类似传说亦不少见。

（1）"盘古"未竟的事业。盘古开了天地，叫儿子盘生去画地。盘生是个懒家伙，把长江中游地区画成了三山六水一分田。盘古气坏了，飞起一脚将盘生踢到粪堆里变成了屎壳郎。

水族神话说，在牙巫造天地之后，拱恩拄着拐杖用巨大双脚来踩拓凡间。开始时气力旺，脚力就重，踩出了深陷的海湖及平坝，后来力气衰了，东踩一脚，西踩一脚，就成了山地高原。他用拐杖一划，成了河流，戳死地龙成了喷水的涌泉。

（2）一时疏忽，天小地大。在重庆市民间神话里，盘古在造天地的时候，忘了比量一下天地的大小，结果把天造大了，把地造小了。他只好一下一下地把地往中间挤捏，弄得皱巴巴的。

（3）神人斗气出意外。四川宜宾地区民间神话说，盘古与扁古约定：盘古负责开天，扁古负责辟地，先完工的为兄，后完工的做弟弟。盘古以为自己比扁古能干，一定能先完工，所以，干一阵歇一阵，结果落在了扁古的后头。他一着急用赶山篙把扁古开得平展展的大地赶得皱了起来,地上就有了山谷和平川。扁古也不吭声,请来铁竹竿,把盘古开的天戳得尽是洞眼,天上就有了星星和月亮。

(4) 女神补天。按照汉族古老的说法,共工氏是个头上长角的恶神,他杀人越多,头上的角就长得越大。他杀人太多,角长得像山一样大,压得他自己受不了,一气之下就去撞倒了不周山。

女娲娘娘补天,用了36000块石头,有些缝隙没有合严。按照女娲娘娘传下的话,人们如果在正月二十这一天吃一顿煎年(糍)粑,就能把这些缝隙补严实,这一年也就能够风调雨顺,得一个好收成。

渝、鄂、湘、黔毗邻地区土家族民间神话传说中说,是大二三神帮助女娲娘娘补天。老大左手叉腰,右手托天,涨得满脸通红;老二用双手撑天,不能移动,任凭烟熏火烤,成了个黑脸;老三脚踏白石,用头顶着天,脸上沾满了白石灰,成了一个白脸。

湘西苗族神话里说,盘古的两个子孙为了争天下而打起架来。打输了的那一个,大为光火,一蹦老高,把天撞破了。没撞破的地方也被弄得不成个样子。女神只好脱下自己身上的围裙,往上一抛,从里面把天给包了起来。这样,天才变得又蓝又平了。

(5) 安稳大地。古人以为大地是漂浮在海面上的,地震是因为大地在海水里晃动的缘故。人们首先想到的是海里的"大鱼",所以人们在神话里常常用强制手段让"鳌鱼抬地"。

四川藏族民间神话传说中说,是"天神降别央用袖箭射翻一只龟,使其支撑大地"。

彝族的"抬地撑天"神话说,"为了让天不垮、地不塌,格兹天神又叫造地的姑娘捉公鱼来支地角,捉母鱼来撑地边,鱼不眨眼睛,地才稳了起来"。

6. 创造万物

长江中上游地区创造神话的多样性表现得最为明显,各个民族都以自己的方式来解说万物的由来。

(1) 汉族。说来好笑,女娲造六畜完全是她"闲得无聊"的结果:女娲娘娘用七天时间造出了鸡猪狗羊牛马和人。她让鸡司晨,狗守门,牛耕田，马拉车，羊上山，猪卧圈。

（2）侗族。在侗族神话传说里，是创世的古老和盘古所生的天王十二兄弟，造出了太阳和月亮、乌云和雾露；是他们所生的地王十二兄弟，造出了千山万岭和五湖四海；是他们所生的人王九兄弟，造出了千万男女和飞禽走兽。又说，星郎生下来就食量大得惊人，身体粗壮，鼾声如雷，被人们当作怪物杀死抛尸野外。他的鼻子变成猎狗，眼睛变成飞鸟，嘴巴变成鹭鸶，心变成猴子，牙齿变成耗子，骨头变成牛，下颌变成青蛙，大、小肠变成黄鳝、泥鳅，血变成水，手指变成辣椒，脚变成黄瓜，手变成丝瓜，脑壳变成葫芦，脑浆变成豆腐，大、小便变成泥土、雨露。

（3）纳西族。董神塞神是一对创世、造物的夫妻神，因而他们分别是阳神、男神和阴神、女神。天地分开之初，他们一起布置万物："真"和"实"相配合产生了太阳，"假"和"虚"相配合出现了月亮；太阳、月亮变化产生白气、黑气；白气变化产生佳音，黑气变化产生噪音；这两种声音变化产生了善神和恶神，然后众神出世开天辟地。

（4）彝族。彝族万物起源神话中，天地上的万物都是从天上"搬"下凡间来的。例如，天神阿俄署布从天上取来三种树、一只梅花鹿、三种草、云雀等，天地上才有了树林、动物、草原、飞禽，等等。彝族格兹天神造万物：取下虎头做天头，虎尾做地尾，虎鼻做天鼻，虎耳做天耳，虎的左眼做太阳，右眼做月亮，虎须做阳光，虎牙做星星，虎油做云彩，虎气做雾气，虎心做天心地胆，虎肚做大海，虎血做海水，大肠做大江、小肠做河，排骨做道路，细毛变成秧苗，骨髓变成金子，小骨头变成银子，虎肺变成铜，虎胆变成铁……从此世上才有了万事万物。这里的老虎也是从天上捉来的。

（5）布依族起源神话有两类：一是神灵的化身在人间发明创造了众多事物，如创世神布灵的心脏所变化出的勒灵，发明了弓弩、火、棉花、蓝靛、乐器等；另一类是祖先发明了千种万物，如祖先翁嘎就造下了山川河流田地，风云雷电，稻谷棉花，各种生产、生活工具、用具，以及服饰、乐器等。

7. 身躯化万物

创世神话里，最动人心魄的莫过于"开天辟地"的"盘古们"以血肉之躯化作世上万物的壮举。

（1）盘古（汉族）。"传说盘古时候，天地混混沌沌，一片漆黑。盘古要造出一个新天地，劳累了一生，却没造出来。死了以后，他就用高大的身子顶起苍天，右眼变成月亮，左眼变成太阳，牙齿变成星星，汗毛变成花草，头发变成树木，眉毛变成竹子，左手变成泰山，右手变成华山，小肠变成长江。白天黑夜怎样分开呢？他睁开左眼便是白天，睁开右眼就是黑夜。"这是汉族的神话传说。

（2）力嘎（布依族）。布依族的力嘎挖出自己的眼珠，钉在蓝天上，变成太阳和月亮；拔下自己的牙齿把天钉牢——牙齿变成了满天的星星；截下自己的四肢撑天；拔下自己的头发，变成了森林……

（3）黑埃波罗赛（彝族）。据说，黑埃波罗赛死后，舌头、耳朵变成了水王和神王，眼睛、牙齿变成了日月和星星，双手双脚变成了东西南北四方，气变成了风雨云雾，脚趾手指变成了山梁，头、心变成了天地，奶头变成了大小山，骨头变成了石头，胃变成了海，大肠、小肠变成了江和河，肌肉变成了各种野兽，头发变成了树林草木，胡子变成了粮食种子，血液变成了各种金属，等等。

（4）阿绿茵（彝族）。阿绿茵受父亲阿罗之命造好了大地，她用自己的左眼做太阳，右眼做月亮，用自己的肢体做大地上的草木和江河。

（5）布灵（布依族）。布灵用清浊二气捏出了天和地，用红白岩石造出了日月，用砸碎了的亮晶石作了星星，把蓝天踩出一道大槽、灌上水成了银河（天河）。布灵用干、湿柴造彩云和乌云，用汗毛变人，以手指节为序定四季、十二个月、二十四个节气和一年，用脚趾、脚丫变成山岭，用手指变成树木，用手指筋变成藤蔓，用耳朵变百花，用头发变百草，用鼻子变百鸟，用槽牙变狮子和老虎，用门牙变百兽，用肠胃变江河海洋、湖泊沟岔，用眉毛变虾、眼珠变鱼，用舌头变彩虹，用右手变成棱罗树，最后掏出心来变成一个勒灵（像小猴的娃崽）。

（6）马世纪（藏族）。开天辟地的人面大鸟马世纪，让自己的左眼变成了月亮，右眼变成了太阳，骨骼变成了石头，筋络变成了山脉，血、肉变成了水和泥土，头发变成了草木和禾苗。

（二）人类起源、洪水遗民

1. 女娲造人

民间这样传说：当初，盘古爷和女娲娘娘就分过工，盘古爷负责开天辟地，女娲娘娘负责造人。女娲娘娘用黄泥一口气就做了五十对男女晾在地上，说是要晒九九八十一天才能变成活人。刚晾到第八十天，西北角的天就塌了一块，她连忙捡了五彩石去补，刚一补好，轰隆一声雷鸣，要下暴雨了。她赶忙把泥人往屋里搬，还没搬完，大雨就下下来了。剩下的泥人被淋得乱七八糟，这些泥人后来都成了残疾人。

四川省的苗族说，女娲还曾给一些儿孙装上了翅膀，好让他们上天去看她，这就是后人称呼的"蝴蝶人"。后来，蝴蝶人经常上天，在天皇老爷的荷花池里发酒疯，又吐又屙，闹得臭气熏天。天皇老爷便让太阳菩萨把蝴蝶人送到凡间后，用金刀割去他们的翅膀。哪知道太阳菩萨冒冒失失地刚把他们送到南天门外，就割去了他们的翅膀，往凡间一推，蝴蝶人全都摔死了。从此，蝴蝶人就灭绝了。

「女娲造人」

2. 众人造人

在长江下游的江苏句容县的传说中，造人的女娲被置换为砍柴人兄妹，说人类是他俩用烂泥做的。

（1）棉必仙婆（侗族）。四个棉必仙婆孵了四个蛋，只孵出了一个；第二次，她们又孵了四个，结果，又只孵出了一个。刚好是一男一女，取名叫松桑和松恩，他们成了人类的第一代祖先。

（2）阿热、白泥、黄泥、午惹吉兹（彝族）。彝族长篇神话史诗《阿细的先基·最古的时候》里说，男神阿热和女神白泥、黄泥造出了最早的男人和女人。白泥造的女人叫野娃，黄泥造的男人叫阿达米。因为他俩的视力很弱，像蚂蚁一样看不远，所以，史诗中又称他俩为"蚂蚁瞎子这代人"。

彝族另一史诗《勒乌特依·雪源十二子》中叙述了午惹吉兹神先后用"银男金女、红云黄云、铜男铁女"等做人,都失败了,又造出了一个"松身愚人",但还是失败了。最后,还是从梧桐树上起轻雾,凝成红雪,又由红雪凝成"雪族十二支子孙",这才有了人类。

(3) 衣罗娘娘(土家族)。衣罗娘娘在葫芦上扎了七个眼,人的脑袋和五官就都有了,用竹子做骨架,用荷叶、豇豆做肝肺、肠子……最后,吹了一口仙气,人,活了。衣罗娘娘的"人"做成了。

(4) 索依迪朗(羌族)。两个名叫索依迪朗的神(老汉迪、阿妈朗)怀孕后,生下了第一个孩子,嫌他身躯太大。又生下了第二个,还是不太满意,决定再生一子。他们规定,胎儿要按照头发、眉毛、眼、耳、鼻、舌、嘴、心肺、肚肠的先后顺序生长,还提出了技术标准……第三个儿子正是按他们的要求长的,人类就此诞生了。

(5) 牙巫(水族)。关于女仙牙巫造人水族有三种说法:一种说法是,她剪纸成人(藏在木箱里);另一种是说,她掐木叶为人(藏在土罐中),还没等到十天,她性急地打开了封盖,结果,造出的人瘦弱、矮小,而且是空胸脯,只好让老虎和老鹰把他吃掉;第三种说法是,风神与牙巫相配,生下了十二个仙蛋,孵化出人、龙、虎、蛇、猴、牛、马、猪、狗和凤凰。当人找到火以后,凤凰变成美女与之成婚而繁衍后代。

(6) 翠红葆白(纳西族)。东巴经创世神话《查班绍》中说:纳西族第二代远祖崇仁丽恩和女始祖翠红葆白从天上来到人间,生下三个儿子。但三个儿子不会说话,不会听声音,不会分时日年月,不会男女交媾事。又派这两个使者上天探问造化大地,繁衍人类的奥秘,神启迪人类:"作为这个家屋里的男子,不会将自己的身子盖在上方;作为一个家庭的女儿,不会把自己的身子铺在下方,不会用空心的大麻株秆搭置一座男女之间顺心的桥。"意为人类不会进行正常的性交。人类这才得以不断繁衍后代。

3. 洪水由来

在长江流域,由于经常遭受洪水的蹂躏,人们自然就要探究洪水的成因,并将探究的结果记录在神话传说里。又因为民族、地域的不同,其对形成洪水原因的解释也就不同。

(1) 开天辟地的失误。在汉族神话里，大地是漂浮在海洋里的。海水溅、漫上来，自然就形成了洪水。所以，这既是神灵们开天辟地时遗留下来的失误，也是人类"在劫难逃"的"定数"。

(2) 暴雨成灾。在长江中游咸宁地区，民间流传的洪水神话把着眼点放在洪水来临之前的"蓄势"上："天阴了，一阴就是数个月，天色吓人，像要塌下来。"所以，洪水一旦来临就十分可怕了，只一会儿的工夫，"天上的雨拼命下，地上的水拼命涨，洪水淹到天了"。

(3) 猴子害人。羌族神话传说中说，一只猴子顺着马桑树爬到了天上，毛手毛脚地到处乱翻，结果把天神装水的金盆弄翻了，水流到地上，引起了滔天洪水。

(4) 神灵争斗。纳西族的创世史诗《子吐丛吐》说，洪水来临之前，善神派使者蛙神给人类报信，说因天神与地神打仗争夺地盘，天神为惩罚地神而发洪水淹没大地灭绝人类。

(5) 上帝的惩罚。侗族神话说，人类糟蹋五谷，对上天不尊，天王命令雷公用洪水惩罚人类。

彝族曲布居木三兄弟打死了天神恩体古兹派来的收税人，天神发怒，要放九个湖里的水来惩罚世人。

(6) 雷公的报复。侗族神话说，雷公与姜良、姜妹是兄弟姊妹，因为兄弟相争，雷公被姜良、姜妹赶到了天上。当他从天上飞下来报复时，反被姜良、姜妹用计捉住，关进了谷仓。后来，雷公乘姜良外出，便向姜妹讨水喝，然后作法逃回天上，降下洪水灭绝人类。

土家族神话则说，有一位老太太病了三年六个月，想吃雷公肉，孝顺的儿女便设下计谋，诱捕了雷公。因为小弟补所、小妹雍尼的失误，使雷公得以作法逃脱，发下大洪水来淹灭人类。

苗族的祖公阿剖果本，为了取雷公的

「雷部诸神图」

心做药，给母亲治病才去招惹雷公，引发了大洪水。

羌族女始祖木吉珠为试探三个儿子的心性，故意对儿子们说她想吃专为雷公兴风造雨的雷公鸡。三个败家子果然办到了。虽然木吉珠把雷公鸡放了，但雷公听了雷公鸡的挑唆，还是发起了滔天洪水。

水族神话说，当人类用火把龙赶入大海、把虎撵进了深山、把雷轰上了天空、独占了平坝以后，子孙繁衍得又多又快，雷神在天上越看越气，掘开了天河，人间就出现了滔天的洪水。

(7) 灭绝人种。人们误以为，老天爷要用洪水灭绝人种。于是，人们对洪水的起因进行了猜测。老天爷要灭绝人种的原因之一是"人种不好"，或者是人们"乱伦"。

彝族神话说，古时候，大地上曾经先后生活过三种人。第一代是"独眼人"，眼睛长在脑门上。这代人心肠不太好，不讲道理，儿女认不出爹妈，老少分不清，于是老天爷就把独眼人都晒死了。第二代人是"直眼人"。他们兄妹相配，经常吵闹，不管父母和亲友，各人吃各人的饭，心肠也不好，于是老天爷就用洪水淹死这一代人，只留下好心的阿普都木兄妹，让他们成为"横眼人"的祖先。纳西族东巴经《创世纪》和《查班绍》也说，因为崇仁利恩五兄弟六姊妹配成血缘婚，秽气污染天地而触怒了天神，天神才要发洪水淹灭人类。

4. 制服洪水

汉族有女娲焚芦苇取灰以止洪水的记载。四川羌族传说两兄妹在洪水中上天，请来了九个太阳晒干洪水。侗族也有天公命令十二个太阳一起出来晒干洪水的神话传说。

5. 再造人烟

在长江流域的神话传说中，洪水之后，"再造人烟"的神话传说有两种类型。其一是"兄妹成亲"（以"兄妹"居多，偶有"姐弟"成亲的）；其二是"单身求偶"。

(1) 兄妹成亲。汉族兄妹成亲神话中，影响波及面最大的，当数伏羲女娲兄妹成婚。

兄妹成亲神话在瑶族神话里发育、保留得较完整。伏羲兄妹从葫芦里出来后，经过滚石磨、燃香烟相交、两山梳头发相缠、断竹竹长叶等难题的验证，兄妹终于同意成亲。婚后生下一个大肉团，将肉团切碎后撒向四方，形成了几个民族和族支，如汉族、茶山瑶、花篮瑶、盘瑶等。

侗族洪水神话则说，洪水以后，姜良有意与姜妹成亲以繁衍人烟，姜妹提出三件神卜：合烟、合水、合磨，姜良靠神龟的帮助均顺利完成，两人成亲，生下一肉团，切碎后变成汉族、苗族、瑶族、侗族。

彝族的兄妹成亲神话有二点与众不同，一是卜问的内容不同，他们在"针卜"时问的是世上还有没有别的男人和女人；二是他们生下一个肉块，挑开肉块，走出来九个娃娃，后来成为汉族、傣族、藏族、回族、白族、傈僳族、纳西族、彝族的祖先。

土家族的"兄妹成亲"是在婚姻之神土义图介的主持下进行的。补所、雍尼兄妹经过滚磨子、丢竹子、烧烟子、绕山转等卜问而成亲。也有的地方用"傩兄傩妹"来代替补所、雍尼兄妹。

仡佬族的《阿仰兄妹制人烟》有几个情节是其独有的：一是发洪水前，天神让他们"以鸡蛋计时"——"当鸡蛋孵出了小鸡时，洪水就退了"；二是"割肉饲鹰"，洪水退去时，阿仰兄妹乘坐的大葫芦被挂在悬崖的树桩上，他们割下颈上、胳肢窝、磕膝弯的肉喂鹰才得以降到平地；三是搓木取火，烧灵芝惊动天神；四是上天向仙女求婚未果；五是生下九个儿子都不会说话，在天神的指点下，他们烧竹子，烧爆竹节，九个儿子才讲了话，只是语言不通，后来形成仡佬族、苗族、彝族、布依族等"九种夷苗"。

> 苗族兄妹成亲神话有两点值得我们注意：其一是主角的名称多样化，如"奶傩爸傩、傩公傩母，东山老人、南山小妹，盘哥与瓠妹，姜炎和娘妮，相良、相芒"等，还有的就直称这两兄妹就是"伏羲、女娲"；其二是兄妹生下肉块切开撒出后，变成的不仅仅是一个民族，多数是说由此形成了苗族的"五支奶、六支祖"或苗族"关、石、龙、麻、廖"等诸姓。这大约与苗族支裔繁多有关。

(2) 单身求偶。彝族的"劫后余生者"形只影单，只剩下一个小伙子居木武吾。在逃生的路上，他救起了蛙、蛇、鼠、乌鸦、喜鹊、蜜蜂等小动物。就是这批小动物帮助他娶到了天神的女儿兹俄尼拖为妻，生下了三个哑巴儿子。

6. 始祖神话

长江中、上游地区的少数民族生活在一个相对封闭、独立的环境之中，受外来文化的冲击较少，依靠民间文学来口耳传诵民族历史文化，这些少数民族的祖宗们很容易升格为"神"。

（1）彝族。彝族神话用两种说法来解释不同族系和异族始祖的来历。

洪水泡天后，三兄弟中的老三娶了仙女为妻，生下了三个哑巴儿子。一次，烧爆了三根竹子（一说"炮仗草"），把三个哑巴儿子吓出声来。老大发出"宾子里很"，老二发出"沈狄沈懂懂"，老三发出"阿子格"的声音。后来，三人分别成为汉族、藏族和彝族的祖先。另一种说法是：老大发出"阿尾、阿母"，老二发出"阿爸、阿买"，老三发出"爸爸、妈妈"的声音，三人后来分别成为甘彝、黑彝、汉族的祖先。这是第一种，按语音的不同来做标准区分，另一种是按母系血缘来划分族内的不同支系。

天边飞来的一对银雀生下了第一代人"独眼人"，独眼人生下了第二代竖眼人，竖眼人生下了第三代横眼人。天神兹阿玛用九个太阳、八个月亮晒死了独眼人和竖眼人，又用洪水淹死了横眼人，只留下善良的笃慕，并把天上的三个仙女嫁给他为妻，为他生下了六个儿子。大妻子生下了慕雅考、慕雅切，二妻子生下了慕雅热、慕雅卧，三妻子生下了慕克克、慕齐齐。这六个儿子，就是彝族的六个祖先。

（2）土家族。土家族的民族始祖叫"虎儿娃"，传说他是虎与人结合所生的孩子。他的脸半人半虎，聪明、勇敢，因为斩杀了魔王，救出了三公主，皇帝依诺言将三公主嫁给了他，他们所生的孩子就是后来的土家族。"虎儿娃"也就被土家族尊称为"始祖"了。

（3）苗族。贵州东南部的苗族信奉妹榜妹留（蝴蝶妈妈）为民族始祖。据苗族物种起源神话《枫木歌》说，蝴蝶妈妈是人、神、兽、鬼的共同始祖。她从枫木心里生出来以后和水泡交配生下十个蛋，孵出了姜炎（姜央）兄妹和雷、龙、虎、象、蛇及各种善神恶鬼等。

苗族、瑶族、畲族、黎族中都有《盘瓠与高辛女》的神话传说。据说，盘瓠是高辛氏的一条狗，因为立下了战功，他背着高辛氏的女儿进了南山的石洞里。过了三年，生了六男六女共十二个孩子……

湖南湘西苗族的《奶夔马狗》（神母狗父）说，他们婚后生下了双胞胎儿子。俩兄弟成人，马狗死了，他们依照皇帝舅舅的旨意，剖开马狗肚子寻宝。哥哥从背上动刀，得到骨骼制成农具种地；弟弟从前面开刀，得到书本，因此能识文断字。后来，哥哥的一支为苗族，弟弟的一支为汉族。

第二种说法是，一条黄狗衔来灵芝草治好了公主的病，娶走了公主。后来，公主生下了一个男孩，但黄狗却摔死了。皇帝说这个男孩是棵独根苗苗，就替他取名叫苗族。

第三种说法是，皇宫里来了一条狗，到处咬人，咬着谁谁就疯。皇帝没办法，只好把小公主嫁给了它。它白天是狗，晚上狗皮一脱就变成了人。他和公主生了三个儿子，这就是后来的苗、汉、彝族。瑶族也说，盘瓠与三公主生下的六男六女自相婚配，从而形成了十二姓瑶族。

（4）仡佬族。仡佬族也有"狗父"神话。天上两颗星宿下凡，一个到土王家做女儿，一个到世上变成一只黄狗。黄狗舔好了土王小姐腿上的疮，土王履诺将女儿嫁给了黄狗。俩人婚后生下了十个儿子。这十兄弟去朝拜昆仑的时候，有九个因为喝了不同的泉水而造成语言不通，从而形成苗族、彝族、仡佬族等少数民族，只有老幺仍说原来的话，这就是汉族。很难说这与盘瓠和三公主的神话没有一点联系。

（5）纳西族。纳西族的摩梭人认为，母鲁阿巴都与天女咕咚咪结婚所生下的三个儿子就是摩梭人的祖先。还有的说，老三曹德鲁依若先与女神大姐定下婚约，但错娶了女神小妹。女神大姐变作一只公猴与小妹婚配，生下一男一女两个半人半猴的孩子。后来兄妹俩婚配，生下的孩子便是摩梭人的祖先。

7. 氏族来源

长江中游民间神话传说这样解释"百家姓"的来历：伏羲、女娲成亲以后，怀孕三年才生下一个"石墩"，伏羲生气地把"石墩"往坡下一甩，从"石墩"里蹦出五十个男伢、五十个女伢。伏羲女娲捡来一百块小石头，每一块上面刻上不同的字，让孩子们自己抓，抓到什么姓什么，百家姓就这么传下来了。

彝族也有类似的传说，不过，这五十对童男童女是自相婚配，生下的是彝族、汉族、苗族、回族、藏族、白族、傣族、傈僳族的祖先。

次生、共生神话

在长江上中游,各民族在漫长的历史长河里相互影响和交流,民间神话又产生了一些"新"的内容,从时序上看,可称之为"次生神话";从民族来看,有时又可称之为"共生神话"。这里选介两类具有代表性的例子。

(一)神灵的共享

瑶族神话说,原先天地挨得很近,人们在山顶上一伸手就可以摸到天。玉皇大帝嫌人们常常日夜打鼓唱歌庆丰收闹得慌,就让田地里长出许多杂草。田地里的活路多了,人们也就吃得多,屙得多,玉皇大帝被屎尿臭熏得受不了,就把天升高了。

在长江中游的咸宁市民间神话说,天地之间有一架天梯联通着,玉皇大帝的外甥罗永为了解除人间的旱情,上天拿了玉皇大帝盛水的葫芦往人间倒水。他救旱心切,一下子把葫芦里的水全都倒空了,人间又发了大水。玉皇大帝一气之下把罗永赶出了天庭,把天梯也拆了。

在鄂西土家族神话中,水杉树是通天梯,它是连接人神的纽带。通过它,在雪灾中幸存的兄妹俩到达天庭,见到了观音菩萨。在观音菩萨的点化下,兄妹俩成了亲,土家族才不至于灭绝。

不仅如此,观音菩萨还是赐给白族祖先五谷种子的天神。是她把装有荞麦、大麦、大豆、籼米、糯米和树种的五小一大葫芦给了讨种子的跛达,世上才有了树木和五谷。

可以这样认为,是玉皇大帝和观音菩萨替代、置换了上述三则神话里原来的神祇。神灵共享的情况也出现在土家族、白族中间,其典型的例证就是他们共同供奉的大二三神。不论是土家族还是白族,都说他们是因为帮助女娲娘娘"补天"才成为神的。

(二)神话母题的共用和细节的丰富多彩

从长江流域的神话传说来看,各民族具有共同的神话母题。不论是开天辟地、创造万物、洪水滔天，还是再造人烟、射日月、寻火种等，各族皆有，只是神名、人名和细节（有时是情节）有所不同。这在长江上游表现得十分明显，如汉族与羌族、藏族、白族与土家族，汉族与土家族，苗族与瑶族，等等。形成这一现象的原因是：多个少数民族交错杂居，民族之间的交往又相对密集、频繁。在云贵地区，我们常常可以看到：山顶是瑶族，山腰是苗族，山脚平地是汉族。

再生神话

原始宗教意识诞生以后，进一步促进了原始宗教神话的繁荣。一旦有了较明确的原始宗教观念，人们就会自觉不自觉地去整理旧有的神话，将它系统化、职能化。

> 人们将经过系统化、职能化"排序"以后的神话故事称为"再生神话"，其原因在于：按照序列化的要求，它们的故事情节、人物形象都有所变化。

探讨"再生神话"，选取长江上游地区最为理想，因为这里的"再生神话"不仅数量多，而且发展程度参差不齐，最具有代表性。

(一) 宗教神话的出现

宗教是人类对自然界有所认识、征服自然的能力有所增进、人类文明有所发展，但又未能取得突破——对自然力量的控制无法取得"绝对自由"时，因"无计可施"转而借助人类自身想象力、幻想通过神灵来实现自己的愿望的必然产物。必须指出的是，我们现在所看到的长江上游少数民族地区的宗教神话大多数仍属于原始宗教神话，就连相对发育较好的楚国神话也只是介于原始宗教神话与人为宗教神话之间的神话。为了叙述的方便，我们将之与道教、佛教神话放在一起介绍。

长江流域的创世神话

1. 上游少数民族地区

(1) 羌族。远古时期,羌人先民在从河湟一带迁向岷江上游时,受到土著戈基人的攻击。羌人在天神木比塔的指点下,用白石击败了用雪团作武器的戈基人。在另一次争斗中,失利的羌人躲进了一个白石洞,一团白雾挡住了戈基人的视线,羌人才安然脱险。羌人还将白石当作指路石使用,在经过的每一个山头或岔路口放上一块白石,以免迷路。为什么白石具有如此的灵性?民间这样解说:一位羌族青年上山放羊,一只乌鸦说,天上将出现九个太阳,山上将成一片火海,让他赶快逃命,并警告他不得告诉别人。小伙子谢过了乌鸦,赶紧回去把这事告诉了族人,全寨人都安全转移了,小伙子却变成了一块洁白雪亮的白石。后人为了纪念他,便开始供奉白石。久而久之,白石便成了羌族信仰的神灵。

(2) 白族。受命将瘟病撒向人间的大黑天神,因不忍心伤害善良的百姓,自己吞下了瘟药,中毒而亡。人们感激他的救命之情而奉之为本主,并在每年的二月十三至十五日举行本主节。

湖南省桑植县马合口乡的白族奉刘猛为本主,是因为他在当地爆发蝗虫灾害时,拼命吞吃蝗虫,最后中毒身亡。说来也怪,自刘猛死后的第二年起,当地就风调雨顺、虫害绝迹,年成丰稔。

(3) 纳西族。纳西族神系发育得较为充分,已有了自己的神山——居那什罗山;神山由神兽和神人、神物守卫——神马、神石、虎豹、白狮子、黄金象、大力神等;各类神与人分别有自己的地盘——神山的东面是吾神和亨神、南面是人类、西面是毒鬼和仄鬼、北面是龙王,神山的右边是盘神和禾神、左边是都鬼和秽鬼、山上是董神和塞神、丁巴什罗大神;纳西族第二代始祖崇仁丽恩和神女翠红葆白下凡时就经过了居那什罗神山。

> 纳西族神话在藏族苯教的影响下已完成了从原始信仰向原始宗教的发展、转化,并形成了庞大的善、恶神系。善神、恶神的始祖同是神鸡恩余因曼。恶神之所以恶,除了其为本性所决定外,另一个重要因素便是在婚配上的失意。可贵的是,纳西族神话在其形成原始宗教后仍保留了古老、独特的"卵生神话"。

(4) 水族。从水族的神话来看，除了牙巫（创世女仙、主神）和拱恩（男仙）外，其他神（仙）虽多，却尚未形成以牙巫和拱恩为中心的完整的神系。所传原始宗教神话更贴近于人们的日常生活。

(5) 土家族。土家族神话具有典型的巫教色彩，处于原始宗教向人为宗教过渡时期，可分为三类。

其一是猎神。土家族猎神有两个，其中较为古老的是女性梅山神。梅山神话中留有较多母系氏族社会狩猎生活的遗影。另一位猎神张五郎的神话，则可视为父系氏族社会狩猎生活的浓缩。

其二是女神。土家族原始宗教神话里，女神占有较重要的位置，且职司各不相同。毛娘神是土家族供奉的虫神，其神话传说类似廪君蛮盐水女神神话。火畲婆婆是土家族的烧畲女祖神，她是烧畲种小米的能手。在一次烧畲过程中，因突刮旋风，大火封山，她被烧死在山中。土家族原始宗教神话中还有阿密麻妈（儿童保护神）、地仙神和麻阳神（邪恶女神）。

其三是祖神。居于首位的当数傩神，这是一对始祖神。居于第二位的是社巴神。社巴神原是一只狮子狗，因为替土王找回了失落的王印，娶了土王的女儿为妻，生下了八个儿子。位居第三的则是"白虎神"，"白虎神话"有两个版本。原居今湖南省的五溪蛮，说天上的白虎星下凡与琶莓成亲生下了土家族田、杨、覃、向、彭、王、冉七姓人；原居今湖北省的廪君蛮则说廪君是天上的白虎星下凡。

(6) 布依族。布依族的原始宗教神话中有这一位"女性愚神乜德者"。她一连五次败坏了儿子德者的好事，害得儿子不但丢了江山，而且连性命都丢了。布依族人给她建庙，是为了给做错事的妇女提供一个扬弃愚昧，不至于误了后代大事的"赎罪"机会。

2. 荆楚古神话

在长江中游，楚人的神系已初具规模，从《招魂》、《九歌》来看，至上神太一已经出现，其他神灵也各有职司，神阶是明确的。从后起的道教神系来看，楚人的神系大多被纳入了道教神系。

(1) "天庭"。天，不但有九重，而且天上还有九道关口，分别由虎、豹等神兽把守，专门啄啮想上天的人。此外，还有神人把门，东方是句芒、西方是蓐收、南方是炎神、北方是玄武、中央是太仪（又写作太一、泰乙）。天上银河还有渡口——天津，就在箕星与斗星之间。

（2）山水。楚人有不少神话与昆仑山关系甚密，而且对昆仑山里的多座名山也很熟悉。如县圃，它是昆仑群山中的一座山。这座山的南面出产"丹栗"，北面出产金银。此外，还有凉风、樊桐等。在昆仑山里有一座层叠的山城叫增城，它有11000里高，四周开有448扇门，每扇门有13.5丈长。流进山上天池里的是黄泉水，它流行三周以后又回到源头，人们饮用了它，可以长生不老。

「昆仑群山」

楚人把日落的地方叫崦嵫。山的西面有蒙水（又称蒙汜），蒙水中有一个深渊叫虞渊，太阳每天就从这里穿行回到东方。幽都则是楚人神话传说中土神居住的地方。可见，楚人已经有了地府的概念。

楚人崇日尚东，传说太阳每天早上从汤谷出来，在咸池沐浴以后才开始一天的行程。

（3）神灵。在楚人的神话中，还保留着造化之神的位置，楚人称之为黔嬴，汉代人写为黔雷。

据长沙楚帛书记载，伏羲、女娲生了四个儿子，分别职司春、夏、秋、冬四季。

在楚人、楚地的文献典籍《天问》、《山海经》中，还记录了一位看来非楚地的神——烛龙。他人面蛇身，一身赤红，长有千里，口里衔着烛火照着大西北没有太阳的地方。它吸气为寒，呼气为暑，睁眼是白天，闭眼是黑夜。但有学者指出，他或许就是楚人的祖神祝融。祝融、烛龙的发音是非常相近的。

楚人对水神不仅偏爱，而且虔诚。所敬的水神，上有天汉之神大水，

「河伯出行画像石（东汉）」

远有北方的水神玄冥（禺强），近一点的有河伯（冯夷、冰夷）是黄河之神。黄河除了一位河神河伯外，还有一位波涛之神阳侯。本土的水神有二天子和湘灵等。据说在公元前219年，秦始皇南巡至湘山祠，突然遇见大风而不能渡江。秦始皇问："湘君是什么神？"随行的博士回答说："听说是尧帝的两个女儿、大舜的妻子死后埋藏在这里。"

土伯是见诸文献最早的掌管地下"幽都"的土地神。传说他身有九曲，"其角觺觺"（屈原《招魂》），能够害人。楚地与土伯相似而能够害人的神还有两位。屈原《招魂》里说，东方有一个长人国，那里的人身高千仞，专门吃人的魂。南方气候潮湿，多瘴疠，故而人们便创造了一位瘟神伯强。

楚人并非只祭水而不祀山，九嶷之神便是楚人所祀的山神之一。

3. 道教

道教脱胎于先秦时期的道家，道教名山青城山（附近的鹤鸣山是道教的诞生地）、龙虎山、合皂山、茅山、武当山等均在长江流域。道教神话一部分由原始宗教神话发展演变而来，一部分由其他神话改装、衍变而来，更有相当一部分是由道士或道教信徒"杜撰"而来。

（1）洪钧老祖。为了抬高道教在人们心目中的地位，道士和信徒们将创世神话中的主角偷梁换柱，然后反输出到民间，成为民间神话传说的一部分，以使人们对道教"先有老祖后有天"的说法深信不疑。《洪钧老祖造人》说，盘古开天辟地以后就累死了，身子化成了山丘，山丘上长出一根红藤。过了25000年，受了天地的灵气，红藤成了精，它就是洪钧老祖。洪钧老祖采来人参和首乌，在炼丹炉里炼了七七四十九天，炼出了四对男女，让他们长大后配成夫妻，从此天下就有了人烟。

（2）太上李老君。在道教神话里，"贪占"别人功劳最多、神通被渲染得最大的要数太上李老君。

其一，湖北恩施《冰天的来历》：太上李老君在母亲肚子里怀了三年零六个月，在后半年里，他总在母亲肚子里问："妈，天长满没得？"开始，母亲总是实话实说："天还没长满。"后来，母亲无可奈何，就骗他说，天长满了。太上李老君钻出来一看，天还没满，就忙去找女娲娘娘，请她炼石补天。女娲娘娘便在北方没长拢的地方补了一块冰，所以，老天一刮北风就冷。

其二，湖北咸宁《李老君补天》：开天辟地时，盘古用斧头把天砍了好多大洞。太上李老君出世以后，看到北方的天还没有长满，就捡起一块凌冰补了上去。所以，北方的天气就比南方冷。

太上李老君在道教诸神仙中以用八卦炉炼丹而著称于世，于是，铁匠、补锅匠、窑匠（包括烧木炭的）都尊他为祖师。

（3）洞天福地。四川省灌县青城山因东汉末年道教创始人张陵在此山修炼并结茅传五斗米道而享誉天下。张陵的儿子张衡、孙子张鲁亦在此山嗣法。晋代的范长生、隋代的赵昱、唐代的杜光庭亦先后在此修道。和武当山一样，山中留有天师"降魔"的掷笔槽遗迹。

江西贵溪市龙虎山，因张陵在此山炼龙虎大丹，有青龙、白虎绕其上而得名，

「青城山」

为张陵子孙世世代代所居之地。是道教正一派最重要的胜地，对长江中游（主要是长江南岸）的民间道教神话传说很有影响力。

江西省樟树市的合皂山，则因三国时方士葛玄在此炼转金丹、晋代道士丁令威在此炼丹修道而扬名。

江苏省的茅山，因西汉景帝时茅盈、茅固、茅衷在此山修道成仙而得名，是茅山派的发源地。后又有东晋的杨羲、许谧、许翙、葛洪，梁代的陶弘景，唐代的吴筠，宋代的刘混康等在此修道。

「茅山」

> 道教名山胜地的神话传说多与道教名人有关。从严格的神话意义上来说，似都可归入宗教传说一类。但就道教自身而言则有道教的"创教"、"创世"意义——与"创世神话"相类似。

（4）真武大帝。当年真武大帝在武当山修行，从虎口救出一妙龄女子。那姑娘愿意为他梳头——实则是以身相许，被真武大帝一番斥责，姑娘负屈跳下悬崖，真武大帝见自己好心没办好事，便也跟着跳了下去，不料被五条青龙把他捧住，得道成仙了。也留下了"梳妆台"、"舍身崖"等景观。

道教名山胜地名师名道的神话传说往往呈现出同心圆逐渐向外扩散的分布态势。在距武当山金顶近300公里的竹溪县偏头山，郧西县的上津镇就流传着祖师爷（真武大帝）为民造福的传说。

在偏头山有一座祖师庙，每当天旱，祖师爷的塑像便浑身淌汗，人们纷纷猜测，这是祖师爷告诉大家就要下雨了，快作好蓄水的准备。刚开始有人不大相信，络绎不绝地到偏头山祖师庙里求雨，刚上山，一场瓢泼大雨把他们淋成了落汤鸡。从此以后，只要见到祖师爷的塑像上淌汗，老百姓就说，那是祖师爷为了求雨，与玉皇大帝争得脸红脖子粗，急得冒汗呢。

道教还用神话传说把祖师爷和修仙得道者与民间神话传说中的创世神、始祖神"铆接"在一起，以达到"神化"的目的。《道士穿八卦衣》就是一例：当年伏羲想和女娲妹子成亲，请乌龟做媒人，女娲一脚把乌龟踩死，起身就走了。伏羲把踩成一块块的乌龟壳拼粘起来，还怕粘得不牢，就用一条蛇缠在乌龟身上。乌龟要报恩，就到武当山给真武看守大门。祖师爷认为乌龟心肠好，所以让它死而复生，并让武当山的道士在给死人念经做斋时穿上八卦衣。

（5）玉皇大帝。在民间神话传说中，玉皇大帝是入仙籍较晚，因进步很快而"行政级别"最高的古今第一仙——虽然在他的上面还有道教至高无上的尊神"三清"。

玉皇大帝是众神仙请上天去的，而不是自己修仙得道而白日飞升的，故道心不甚坚牢。这不，武当山一户人家院子里长了一棵花有奇香的宝树，玉皇大帝就动了凡心,从三魂七魄中分出一魂二魄投胎到武当山的穷人家作了儿子,为的是能够与花树日夜相伴,哪管他天宫里的朝政荒废。

道心不固者又岂止是玉皇大帝,他的七个女儿有六个私自下凡,自择夫婿,嫁给了凡夫俗子,只剩下幺姑娘七仙女没跑——不是不跑,是要等玉皇大帝下了"仙女不得嫁凡夫"的圣旨再跑;她不下凡,人间哪有《百日缘》、《天仙配》的一段佳话!

4. 佛教

佛教在长江流域面临着中国化和地方化两个问题。佛教的神话主要集中表现为三种:一是佛与观音菩萨;二是佛教在中国化、普及化过程中的有关人物传说;三是市俗化的得道高僧的传说。

(1)如来佛。在四川阿坝州,藏族民间这样传说,是如来佛让罗汉阿龙底甲到凡间开天辟地。在巨龙的协助下,阿龙底甲施展佛法,让地上的汪洋一退千里,将天地分开。最后,阿龙底甲成了创世神。

佛教在长江上游地区的民间威望最高,而在中下游地区是"江河日下",尤其是如来佛时常受到嘲弄和讥讽。但在整个长江流域,观音菩萨都是一个颇受欢迎的好菩萨。

> 佛教通过四条途径传到长江流域:一是从古丝绸之路传入中原后再传至长江中、下游;二是经川滇路线和蜀身毒道及青衣道传入上游;三是从印度传至西藏后再东传入上游;四是从广州—扬州—江苏—山东一带的沿海地区传入。从第二、三条路线传入的藏传佛教和小乘佛教主要影响长江上游的大西南地区。考古发掘证明,早在战国时期,佛教就开始传入长江中游地区——新发掘的楚墓中就出土了佛教的妙音鸟造像,其传播途径很可能就是第二条通道。

玉皇大帝本来是想让弥勒佛主管人间百事的,可是如来佛不干。玉皇大帝就在如来佛和弥勒佛面前摆了两盆铁树,说谁的铁树先开花,凡间的百事就由谁管。如来佛知道玉皇大帝心里偏向着弥勒佛,便乘弥勒佛闭眼念经时,偷偷把两盆铁树换了个位置。第二天,果然是偷换过来的那一盆铁树先开了花。弥勒佛是个直心肠,他管的这一天是正月初一,人们过得最快活。因为如来佛偷换铁树做了个坏样子,所以在他分管的300多天里,世上就出现了五花八门的坏事儿。

(2) 韦陀。韦陀在百姓的心目中也是一个形象不算太好的人。韦陀与如来佛争佛殿上的正座,以挑担子来定输赢。韦陀抢先挑走了稻草担,把铁担子留给了如来佛,果然把如来佛丢得老远。不料,半路上刮起了大风,稻草担子虽轻,堆头却大,顶头风一吹,韦陀反而落到了如来佛的后面。所以,如来佛总是坐着,而韦陀就只好老是站着。这一类"谤佛"的东西,或许是历史上佛、道相争的"遗痕"吧。

(3) 观世音。本来,观音菩萨是兴林国妙庄王的三公主,叫何妙音。但中国的百姓偏要说她是东土人,成仙后上了西天。有一天,她与几位菩萨打赌,若她度化不好东土的人就永世不回西天极乐世界,死在南海不回头。可是她在东土只度化了"八仙",不好意思再回西天去,就只好用佛珠在南海点化了一座小岛,在上面落了籍。所以,人们又称她为救苦救难的"南海观世音"。

云南白族神话说,观音菩萨曾化身为一个老和尚,牵一匹狗,把吃人眼睛、人肉的罗刹人诱入到石洞里,消除了这个食人国。白族神话还说,古时候,树木也长有眼睛、嘴巴和手,会主动帮助打猎的人。这样一来,野兽被打死了不少,三位女猎神心痛了,观音菩萨便让人们的腿上长出两个脚肚,就再也跑不快了。人们打不到猎物,饿得东倒西歪,观音见了于心不忍,便叫猎神把野兽的脚上涂上蒜泥,好让猎狗

「观音雕像」

寻着蒜泥味找到野兽。

观音在长江中游汉族神话里的地位也是一再升格,一直升到人类始祖的位置。

远古洪荒,地上还没有人。一天,从昆仑山上冒出两团火球,一直往东滚到长江边,两个火球同时炸开,一团火里坐着女观音,另一团火里坐着男罗汉。他们脱掉衣服,跳进长江,想洗去身上的泥土。等他们洗完澡上岸,才发现衣服不见了。太上李老君拿着他们的衣服在半空中对他们说,

"你们就在凡间造人吧"。从此,长江边上才有了人烟。这里,伏羲、女娲已经被罗汉、观音所置换。人们是将她生殖女神的神性与人类始祖母身份搅和在一起了。

(4) 阿弥陀佛。阿弥陀佛广受人们欢迎的原因则是他修成正果前,为人老实,心地善良,富于同情心,常主动为人揽过。说是古天竺国有个员外,自己无荤不食,却给长工们饭里掺沙、加糠皮。长工们就摔碗碟出气,常常一摔就是好几个。员外当然要追查,查不出来就把每一个长工吊起来打。有人常把过错推到一个叫阿弥的长工身上,他也从不争辩,所以经常被员外打得鲜血淋漓。直至有一天,佛祖托梦给员外才洗清阿弥的冤屈。

(二)感生神话及其变异

感生神话是先民们对于人从何而来的一种解释:一位女子看到、踩到、吞食了什么（多为图腾物或其化身）,心灵有所感应而怀孕、产子。它是典型的母系氏族社会原始群婚制时期,人们只知其母、不知其父的间接反映。

人类社会所经历的这一阶段,留在各民族神话里的痕迹有多有少、有深有浅。它在长江流域神话里数量虽不是很多,但痕迹却较重,特别是在上游地区。

1. 神卵感孕

长江下游的民间还有感生神话的流传。其一是,一位姑娘在河边拣到一个红色的蛋,放在怀里,结果红蛋不见了,过了不久,姑娘就生下了一条小龙。其二是,在江苏省镇江市句容县的蒋家村庄有一个叫蒋鲜的姑娘,在塘边拣到一个大似鹅蛋的花花绿绿的蛋,便揣在了怀里,想拿回家给父母看。回家以后,蛋却不见了。过了不久,她生下了一条小龙。父母把小龙扔进了水塘,姑娘每天仍到水塘边给小龙喂奶,父亲见了很生气,一刀把小龙的尾巴砍断了,小龙飞走了。

2. 触龙感孕

湖南五溪地区土家族所供奉的白帝天王三兄弟,便是感孕而生。一位土家族女子到井边浣衣,不慎将戒指掉到了天井里。当她解衣宽带跳入井中找寻时,井里跃出一条白龙,向她射出三道白光。于是,她感孕而生下了白帝天王三兄弟。

白族女始祖沙壹年轻时在水里捕鱼，触到一根"枕木"，生下了十个儿子。后来，"枕木"化成龙，沙壹的九个儿子都吓跑了，只有小儿子不动。龙舔了舔他的背，从此，他就比九个哥哥聪明得多，最后被推举为王。这个神话也在彝族中流传。在彝族《九龙》神话里，人母并未吞食什么果物，只是在水里打鱼时，触到一段沉木而有感成孕，生下了十个儿子（龙子）。

3. 仙桃感孕

云南白族有这样一则感生神话，说是一位砍柴姑娘在山上摘了一颗又绿又大的桃子，刚放进口里，就滑下了肚子，这一下就怀孕了，生了一个儿子。她怕人笑话她未婚先孕，就把儿子丢进了深山。谁知山上的大蛇每天都来给孩子喂食，姑娘只好把他抱回了家。一次，孩子用仙草给龙王治好了病。出于好奇，他穿上了龙王的衣服，一下子就变成了一条黄龙。

4. 植物生人

彝族《竹的儿子》说，洪水滔天后，只有一位姑娘抱着一根大竹子活了下来，但世上没了人烟。姑娘于无奈中敲开了竹子，竹子里跳出了五个儿子。后来，这五个儿子娶妻生子，繁衍成彝族的五个支系。

长江流域还流传着汉族就是孟、姜两家院墙上结的葫芦里长出的小孩这一传说。如果要追究"葫芦神话"的源头，当然要追溯到洪水时代伏羲、女娲在葫芦里逃生的经历。

长江流域的自然神话

在古人眼中,自然界的日月星辰、风云雷电、春夏秋冬,只不过是生命的另一种表现形式。于是,人们用自己的社会生活去比拟、解释自然现象,由此诞生了丰富多彩的自然神话。

在古人眼中，自然界的日月星辰、风云雷电、春夏秋冬，只不过是生命的另一种表现形式罢了。人们往往用自己的社会生活去比拟、解释自然现象，所以在自然神话传说里，天道人事，天人合一。

日月星辰

英雄变日月十分壮美、震撼人心，而将太阳的炽热、月亮的腼腆与妹妹的胆怯、姐姐的大方反接起来，正是这种表里不一所造成的反差，铸就了日月神话的艺术魅力。人们与日月的争斗，则完全是人类社会天下大乱、民不聊生、官逼民反等社会现实的写照。当人们有能力全歼作乱的日月而手下留情时，并非是慈悲，只是说明人们已经意识到日月的东升西落与人们日常生活的密切关系。

（一）日月由来

在古代神话传说中，关于太阳、月亮的种种解说十分丰富。人们最关切的一个问题就是，它们是从哪里来的？

1. 自然生成

白族创世史诗《劳谷和劳泰》说，在洪荒的时候，天地之间夹着一片大海。一天，海水喷涌，把天冲开一个大洞，从洞里冒出一大一小两个太阳。它们在天上相互碰撞，小太阳的外壳被碰掉，变成了月亮。月亮落进大海，激起万丈巨浪，把地往下压，把天往上托，把天和地从此分开。

2. 神人所造

侗族的始祖母神莎乡是天皇大帝的女儿。她在天地未分、日月未明的时候，把一块黑铁一样的大石头洗得像白银一样明亮。莎乡把它抛向半空中，从此，天上才有了照耀大地的太阳。

神人们创造日月本来是为了造福于人类，但好心未必就能做好事，水族的创世神牙巫多造日月之事就属于此类：由于她太性急，一下子造了十个太阳，其后果可想而知。

3. 神人所变

长江上游汉族民间神话说：盘古的女儿和儿子去拜女娲娘娘为师，学习发光的本领。学成以后，他俩一块出现，烤得人们受不了，他们只好分开，一个在白天，一个在黑夜，轮流出来。

长江中游的汉族民间神话传说记载，在世上没有太阳和月亮的时候，人们都是摸着黑过日子。有一对孪生兄妹靠砍柴为生，每次砍柴都得点一堆火来照亮。有一次起风，火堆把树林子烧着了，兄妹没能跑出来，被烧死了。兄妹死后，商量着要变成太阳和月亮，好给人间照亮。妹妹胆子小，就变太阳，赤身露体的怕人看见，哥哥就给了她九根绣花针，谁看她就扎谁。哥哥胆子大，就变成月亮，只是变成月亮后还是忘不了砍柴——月宫里有棵树，老在树边砍柴的就是哥哥。

在长江上游的彝族神话里，是神仙奶奶让自己的孙子、孙女变成太阳和月亮，给世人带来光明。

在长江上游的藏族神话里，太阳和月亮则是由从石头缝里蹦出来的两个姑娘变的。她们被一只母猴养大，后来被魔鬼吹上了天，她俩既看不到母猴，互相也见不着面。她们睁大眼睛，一下子发出了光芒，变成了太阳（共工）和月亮（日玛依）。魔鬼用来打她们的石沙也变成了天上的星星。

4. 人间遣派

云南苗族神话说，天地造好以后，地上一位老人总怕天塌下来，就派太阳姑娘、月亮郎轮番去看守。所以，每天太阳和月亮都是轮番出来。

（二）日月天性

1. 太阳

据《山海经》、《淮南子》等典籍记载，帝俊的妻子羲和曾生下十个太阳，它们都住在东方海外汤谷边上的一棵扶桑树上。一个太阳住在上面的枝条上，另外九个太阳则住在下面的枝条

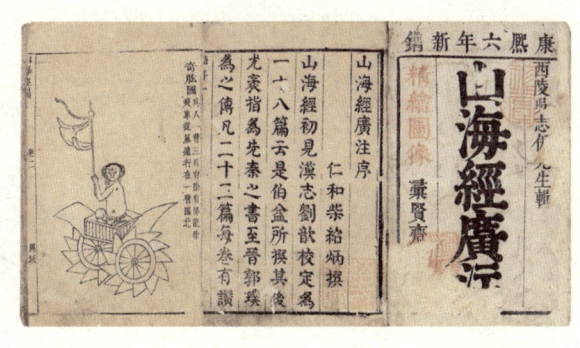

「山海经古本」

上，它们轮流出去照耀天下。每个太阳里面都有一只三足乌。每天早上，太阳从东方的汤谷出来，在咸池里洗个澡，登上羲和妈妈驾着六条龙的龙车，开始了一天的旅程。

2. 月亮

民间传说，嫦娥本是一只蟾蜍精变的，常常戏弄天上的神仙。天蓬元帅就害在她手里，被贬下凡来，成了猪八戒。有一天，张果老和李老君下棋。李老君口渴，找酒喝。张果老便替他去月宫找吴刚取酒，半道上遇见了嫦娥。嫦娥一把扯住他，撒起娇来。张果老摆脱不开，急得骂了起来。一直等到李老君赶过来，嫦娥才松手。嫦娥到玉帝那里告了张果老一刁状。虽然有李老君作证，但昏君玉帝还是罚张果老到月宫里去砍桂树。张果老便成了第二个"吴刚"。

「嫦娥奔月图」

另一个版本则说：古时候，天上有 1000 个月亮，一日出来一个，蛮守规矩的。有一夜，1000 个月亮一齐跑了出来，弄得日不像日，夜不像夜，草木由绿变灰，瓜果由甜变苦，五谷三年熟一回，得怪病、饿死的人不在少数。亏了一位后生，冒着化为石人的危险，到昆仑山上摘掉了 999 个月亮，天下百姓才转危为安。

3. 太阳和月亮

人们常常用人间的人际关系和个性来比拟日、月关系和个性。贵州苗族神话说，金戈（太阳）和银戈（月亮）是兄妹，因为在一起比谁漂亮，打起架来，银戈被打败了。金戈放出大水想淹死银戈，银戈躲进葫芦里才得以逃生。银戈用泥巴搓了许多泥人，变成了汉族、苗族、水族、侗族人。银戈要这些人去打太阳，人们解劝说，"算了算了，你们都很漂亮，本事都很大。你们住到天上去，一个白天出来，一个晚上出来……"所以，直到现在，太阳、月亮俩兄妹还是轮番出来，互不照面。

关于太阳为什么会放射出耀眼的光芒，汉族民间有两种解说，但都与害羞有关。

一种说法是：月亮姐姐性情温和，斯文少语。太阳妹妹却举止轻浮，脾气很躁。女娲娘娘补好天以后，姐妹俩上天去。妹妹疯疯癫癫地总是跑在前面，全不把姐姐放在眼里。姐姐想教训一下妹妹，便骗她到天河里洗澡，又乘其不备，抱走了她的衣服。姐姐不敢回家，便总在天上转来转去，后来成了月亮。妹妹因为光着身子，怕人看她，所以就用头上的绣花针扎人的眼睛。

另一种说法是：太阳之所以用绣花针扎人的眼睛，是因为他生得太丑，不愿意人们抬头看他。

有的地方把太阳、月亮比作俩姑嫂。说是小姑子太阳为人勤快，只是不喜欢人们偷眼看她。而月亮嫂子白天好在家里睡懒觉，晚上打扮得水灵灵的，东游西逛。你若望着她，她就变着法儿来媚你。本来，姑嫂是同出同归的，后来为一件事闹翻了，就轮换着出来了。

(三)日月扰民

1. 原因何在

(1) 神的失误。太阳、月亮为害百姓的第一个原因，是创世神的失误。水族的创世神牙巫因为太性急，一下子造了十个太阳。当牙巫一个一个往天上安置太阳时，灾祸就开始出现了。"放七个，树木枯黄；放九个，烫脱皮肉；放十个，实在难当……烫乎乎，岩石化浆。"

彝族神话说，阿昌举兹神在土尔山腰用白阉鸡祭天，喊了九天九夜，喊出六个太阳和七个月亮，把天下的庄稼树木、飞禽走兽几乎都晒死了。

侗族神话则说：天王放出十二个太阳，是想让他们晒干洪水。洪水晒干了，世界也被晒得冒了烟。

黔东南苗族的《射日射月》神话说，做事毛手毛脚的冷王榜养鹏容匆匆忙忙地把十二个太阳和十二个月亮扛到天上，忘了嘱咐他们一个个地轮换出来。回来以后，他又跑上天去嘱咐一番。但是，太阳、月亮经常忘了他的话，常常一块出来，把"泥土烧成了灰，岩石熔成了浆"。

(2) 天心不正。土家族说，天神墨特巴放下十二个太阳是想晒死人类。

(3) 怪物作祟。苗族神话说，本来，天上只有一个太阳和一个月亮。

飞来了一只九头怪鸟,在太阳树和月亮树上各生下了八个金蛋和八个银蛋,这些蛋又变成了八个太阳和八个月亮。这九个太阳和九个月亮一块出来,威力可想而知。

(4) 贪图热闹。汉族说,古时候,玉皇大帝有十一个女儿,这十一个女儿就是十一个太阳。本来,她们是轮流出来照耀人间,可是有一天,她们忽然来了兴趣,要一起到人间游玩一番。这一下可苦了天下的百姓:十一个太阳一起出来,晒得树林起火,河水断流。布依族也有相似的神话。

2. 神仙出马

天空里,数个日月并出,烤晒得大地一片焦煳,人们当然不会坐以待毙,自会想法予以化解,人们首先想到的是这样的大事理所当然地先由神仙出马。夸父为人类打抱不平,去找太阳神评理。太阳神讲不过夸父就开溜,所以,夸父就穷追不舍。

3. 英雄挽弓

四川绵竹县的民间神话说:从盘古开天辟地时起,天

「夸父逐日」

上就有十个太阳,没日没夜地照射大地。嫦娥建议后羿射下八个太阳,落在地上变成了八个温泉。嫦娥又让后羿把她的白纱巾射上天去,蒙住一个太阳,使它变成了月亮。到了成都平原,这类神话里的主角由后羿变成了大舜,嫦娥也变成了大舜的妻子。

再介绍四个俗人"射日"的神话传说:

猎人武爷在一个白胡子老人的指点下,用蟒骨作箭杆、虎骨作箭头,把天上的九个太阳射下了八个。

「后羿射日」

长江流域的自然神话

天上十个太阳一起出来，晒得万物生灵个个叫饶。一个打猎的后生，拿着一把一丈八尺长的大刀爬上昆仑山去拦太阳的路，太阳绕开了。后生便搭着月亮上梭罗树的枝条，一刀一个，一口气砍下了九个太阳。

另一则神话中的主人公斗太阳的气势直追"夸父"：从前，天上有两个太阳，把人晒得够呛。有一天，杨三的母亲被活活晒死了。杨三一气之下拔起一棵千年古松，挑起两座大山朝太阳奔去，要把它们压住。两个太阳见势不妙，扭头就逃。追到一座高山上，一个太阳跑不动了，杨三追上去就用一座山压下去。那一个太阳的脸吓白了，连滚带爬躲到山背后去了，从此变成了月亮。世上这才有了日夜之分。

苗族射日神话里的"英雄"不是别人，就是大名鼎鼎的神仙张果老。说是张果老制造了铁弓铁箭，爬上哑士树，射下了十一对假日月，只留下一对真日月。

4. 神兽张口

土家族的神话传说，一只青蛙爬上马桑树，一口一个，接连吞吃了十个太阳。罗衣秀才砍断了马桑树，才保住了剩下的两个太阳。后来，其中的一个太阳在晚上出来——变成了月亮。

「张果老」

长江中游汉族神话《龟母吞日》说：天帝的九个儿子（九个太阳）一起跑出了天庭，晒得江河断流、土地冒烟。龟母劝他们回天庭去。九个太阳不但不听，反而破口大骂，骂得龟母性起，张开大口猛地一吸，把九个太阳全都吞了下去。最后是天帝亲自来求情，龟母才吐出了一个太阳。

侗族说，玉皇大帝派出了七个太阳去晒干雷王发的洪水，晒得姜良眼睛珠子都突了出来。姜良派螟蛉拷上大刀去砍太阳。螟蛉飞上天一气猛砍，砍掉了五个太阳，还有一个砍去了半边。剩下的半个便成了月亮。

(四)喊救日月

1. 喊出日月

为了不在黑暗里生活,人类要办的第一件事就是呼唤太阳和月亮。

湖南苗族传说,神农命令张果老射掉了六对太阳和月亮,剩下的一对躲进了岩洞。神农拜托一位和太阳、月亮结拜过的白胡子老头去请,终于把太阳和月亮请出来了。

黔东南苗族则说,桑扎射掉十一对太阳和月亮以后,剩下的一对太阳和月亮躲到了天涯海角。人们让公鸡去喊。因为太阳、月亮是公鸡的舅舅,外甥一喊,舅舅当然高兴,这才出来。所以早上公鸡叫,太阳就出来;晚上公鸡一叫,月亮就出来。

2. 救助日月

在神话传说里,世界上失去太阳、月亮的另一个原因就是妖魔鬼怪的作祟。

彝族神话说,天上有七个太阳,给人们带来幸福和温暖。因为夜猫精喜欢黑暗,它一连射掉了六个太阳,剩下的一个太阳因为害怕便躲了起

「神农」

来。三个姑娘挺身而出,带领大家用火烧死了夜猫精,然后历经千辛万苦,终于找到了躲藏起来的太阳。三位姑娘也因为劳累过度而献身。

商朱是侗族神话中的凶神,他十分惧怕阳光,所以用一根长铁棍把太阳从金钩上打掉,然后乘着黑暗残害生灵。一对名叫"广"和"闷"的兄妹造好长梯,搓好长绳,在黑暗中找到了悬挂太阳的金钩和躲藏起来的太阳。商朱吞吃了"闷","广"和众人挂起了太阳并打死了商朱。

魔王变成一棵大榕树遮住了月光,其他的妖怪乘机荼毒百姓。侗族一位名叫"叟"的英雄纵身飞上月亮,用箭杀死了魔王。魔王变的大榕树再也无法遮挡月光,天下的百姓从此过上了安宁的日子。

在长江下游,人们传说,古时候,天上本来有九个太阳。后来,出了一个怪物,最喜欢吃太阳。它一连吃了八个,剩下的一个躲到了马齿苋的

底下不敢出来。直到雷公雷母把怪物打成了肉浆,太阳才活出命来。太阳认马齿苋作舅舅,所以马齿苋总也晒不死。

3. 天狗食月

人们说,一个神仙的一对儿女,偷了老爹的钢针和小刀,跑到天上作了太阳和月亮。老爹气坏了,派自己的大将天犬去追,不一会儿,天犬就追上了太阳和月亮。地上的人们看见了,就说,"天狗吃月亮喽","太阳被天狗吃喽",还在地上敲锣打鼓为太阳和月亮助威。

[天狗食月]

还有的地方说,因为嫦娥偷吃了后羿的仙药,飞上了月亮,所以后羿就派他的猎狗去咬月亮。

四川宜宾地区的苗族说,天狗是天老爷养的,它很顽皮,常把月亮当玩意,衔在口里吞进吐出的。女娲娘娘托梦,让人们在她教训天狗时鸣锣助威。后来,人们养成了又喊又叫敲锣击盆救月亮的习惯。

4. 阴晴圆缺

为什么月有阴晴圆缺呢?四川汉族民间神话这样解释:天老爷给了月亮一粒银石。月亮嫌少,又去偷了几粒。天老爷发现了,提刀把月亮的身子砍掉了一半。众神向天老爷求情,天老爷才把月亮的那半个身子复原。但吃了早饭后,天老爷又慢慢地收回半块。于是,月亮的身子就这样周而复始地有了圆缺。

重庆的神话说:月亮看上了天上的一位仙女,玉皇大帝派他到天上值夜班,他舍不得那位仙女,老是转过头去看那位仙女。就这样,他偏过头去的时候月亮是半边,回过头来的时候才是圆的。

(五)星辰出世

日月虽明,怎敌群星繁多。人们在按照理想的模式,"开天辟地、安置日月"后,自然要把星辰的"来历"弄个明白。

1. 星星来历

长江中游的汉族简洁明了地说：夸父追日的时候，因为太渴，喝干了天河里的水，天河里的石子露了出来就成了满天的星斗。重庆民间神话则说，星星是后羿射下的八个太阳的碎片变的。

2. 星星眨眼

人们又说，月亮偷了天老爷的银石，刚走出南天门就被发现了。天老爷挥刀砍月亮的时候，月亮手里的银石也被震碎了，撒到天上变成了满天的星星。所以，当月亮只剩下半边脸出来，亮度不够时，星星们一起使劲地闪闪发光，就有了"月明星稀、月暗星繁"的天象。

说来有趣，月亮看上的那位天宫仙女，也正好被八个星星同时看上。所以，星星们一见月亮出来，就一闪一闪地想和他比个高低。人们就说，这是星星在眨眼睛。

3. 牛郎织女星

牛郎与长兄分家后，在老牛的指点下，与下凡洗澡的织女结为夫妻，生下了一男一女。后来，织女被迫返回天庭，牛郎披上牛皮、挑上儿女就去追赶。王母拔下簪子往身后一划，一道天河挡住了牛郎的去路。从此，天河两岸就有了牛郎星、织女星。

4. 参星

从前，有两兄弟出门学艺。哥哥遇见了一个逃婚的姑娘，俩人成了亲。没过多久，姑娘还是被逼婚的大官找到并抢走了。哥哥只好边找妻子边给人打工，学会了木匠手艺。三年后，弟弟找到了哥哥，他让哥哥作了一只木凤凰，然后一作法，木凤凰活了，驮着兄弟俩飞到了大官的门前，兄弟俩躲了起来。大官一见凤凰高兴了，认为这是吉兆，赶忙亲自来喂它。凤凰吃了三天三夜还没吃饱。大官只好换老大的妻子出来给凤凰喂吃的。凤凰驮着老大两口子和弟弟飞上了天，变成了三颗明亮的星星，这就是参星。

「牛郎织女」

5. 北斗星和七姊妹星

四川藏族说：北斗七星是七个男孩，七姊妹星是七个女孩。有一天，他们打赌,看谁能在一个夜晚的时间从东边走到西边。七个女孩知道自己体质弱,天一黑就出门上路。因为胆子小,走的时候都紧紧地挨在一起。天还没亮,她们就从东边走到了西边。七个男孩自以为身强力壮,怎么都能超过女孩,所以出门也晚,又在天上东张西望,走得慢慢吞吞、稀稀拉拉的,直到天亮才走了一半的路程。直到现在,天刚亮的时候,人们看不到七姊妹星的影子,北斗七星却还高挂在天空。

6. 北斗七星

彝族神话说,天上有六个仙女,其中的小仙女,爱上了一位善良的年青猎人,便私自下凡和猎人结成夫妻,生下了一个孩子叫拉普。后来,天神把仙女拘回了天庭。拉普在老师的指点下,顺着瓜藤爬上了天,和天上的六颗仙女星一起组成了"北斗七星"。

「北斗七星」

7. 南极星和北极星

南极星和北极星是一对好朋友,俩人合伙做生意。一年六月,南极星收了几船毡帽,北极星收了几船草帽去卖,谁知道六月天下大雪,南极星的毡帽卖完了,北极星的草帽一顶都没卖。冬天,俩人把货物品种倒了过来又去卖,哪知道,隆冬腊月大天干,太阳能晒死人。南极星的草帽卖完了,北极星的毡帽一顶没动。第二年春天,北极星卖绸子,南极星卖石头。到了卖场一看,当地发了洪水,把河堤都冲垮了,南极星的一船石头一抢而空,北极星的一船绸子则一匹没动。北极星气死了,南极星却笑死了。你看,南极星一闪一闪的,像在笑个不停;北极星一眨一眨的,活似在哭。

8. 灯草星与石头星

江苏省镇江市民间,把天上的银河叫淮河。在淮河的东边有三颗排成弧形的星,叫灯草星,像一个人十分吃力地挑着一副担子;淮河的西边也有三颗星,叫石头星,这三颗星排成了一条直线,也像一个人挑着一副担子。传说有一个晚娘有些偏心,在两个儿子把一担灯草和一担石头从河东挑到河西的时候,她让自己的儿子挑灯草,让前娘的儿子挑石头。谁知道,淮河上风大。前娘的儿子挑石头稳稳当当地过去了,她的儿子挑着灯草被风刮得在原地直打转。这就在"淮河"边上留下了灯草星与石头星。

彝族说"萨业七星"(北斗星)、"萨苦六星"(六姊妹星)、"三排星"和"四仙星"是阿吕举兹神在"喊"出日月之后"喊"出来的。

9. 彗星

最叫人忍俊不禁的是关于彗星来历的神话传说。女娲补天时,补大洞用大石头,补小洞用小石头,这些石头就是人们所看到的满天星斗。时间一长,那些小石头就朽了、松了,落了下来,便成了彗星。老人们形象地说,那是天上的星星在"拉屎"。

「彗星」

风云雷电

布依族古歌《造万物》把"雷、闪电、风、雨"放在一块解说:从远方飞来一群"浪哨"(恋爱)者之后,太阳生下一个脾气暴躁的孩子,月亮生下一个大眼睛的女儿,星星们生下一群到处乱跑的孩子,银河生下一个爱哭的女儿,布灵分别为他们取名为"雷"、"闪电"、"风"、"雨"。

汉水流域的人们说,天父、地母生了72个孩子。天父带了36个孩子上天住,地母带了36个孩子下地住。日子长了,天升地降,天父、地母互相看不见了。天上的36个孩子变成了日月星辰,地上的36个孩子变成了山川河谷。地母想天父的时候,鼻子里直出粗气,这便是风;地母想累了,打哈欠溅出的唾沫便是雾;天父想地母的时候,心里焦得直哼哼,这便是雷;天父想得直流眼泪,这便是雨。天上、地下的儿女们怕他俩想出了病,便放出云彩将天地遮住,这便是云。

(一)风

侗族神话中的"风公"是一位很称职的神灵。侗族神话古歌这样唱道:

长江流域的自然神话

「风神雷神」

"风公力量大无比，脑壳尖尖像牛角，春天吹气天下暖，夏天吹气大雨落，秋天吹气霜打地，冬天吹气大雪落。"

仡佬族神话里，"怪物风神"是人们的手下败将。风怪兴风，飞沙走石，弄得天昏地暗。本领高强的阿利带领众人去捉风，经过一番追逐，终于把风怪九兄弟都捉住，关在岩洞里。

（二）云

不论是在文献典籍中，还是在民间文学里，关于云神的神话传说屈指可数。现在我们所能见到的先秦文献中所记载的云神的名字，是《楚辞·离骚》中的"丰隆"。

（三）虹

后世民间把虹称之为"天蚂蟥"，说它的作用就是把从天河里放到地上的水再吸回到天河里去。起因是这样的：盘古开天辟地以后，地上是没有水的，水都在天河里。天帝命令每隔一段时间就从天河里放一些水给人间。过了一些年，天河的水快放完了，人间又到处是洪水，天帝便叫天河里的"天蚂蟥"把地上的水吸回到天上去。所以，它经常在下雨以后出来，一头搭在地上，一头架在天上，往天上吸水。它出现在东边的时候，是在吸东洋大海里的水；出现在西边的时候，是在吸洞庭湖里的水。

> 楚人把彩虹里的明盛部分称为"雄虹"，暗微部分（副虹）称之为"雌虹"、"白霓"、"素虹"。楚地传说，仙人王子乔曾化为白霓。

（四）雨

长江流域的"雨师"在古代还有一个别名叫"屏翳"。据《山海经》记载，他曾经应蚩尤的邀请，在蚩尤与黄帝的战争中，和风伯一起兴风播雨对付黄帝。只要他一声呼号，马上云起雨落。

(五)雷

苗族的雷神名叫"果本"，他有一种神通：哪怕是只要有一点火星，就能够作法甩出一个炸雷。不知为什么，他最恨的是生长在鸡屎上的菜，最怕的是盐。所以，捉弄他的果索要用盐来腌他。

在侗族神话里，人们给他增添了一项特异功能：除了火种以外，哪怕是只有一滴水，他也能作法施威。虽然法力无边，但他也怕弓箭射、马蜂蜇。当姜良用箭一射，马蜂用刺一蜇，他马上叫饶了。

在水族神话中，雷公和老虎、龙一样，也怕火——虽然他擅长于用火(雷火)。

传说，原先打雷之前是不兴闪电的。后来，因为雷公错打了一个小叫花子（雷公以为小叫花子糟蹋粮食，其实，财主给小叫花子的是一个长了白霉的馍馍），他才在打雷之前先甩出一个闪电，看清楚了再打。所以，人们才先看见闪电，后听见雷声。

(六)电

在长江中上游，"列缺"本来是指天空中的闪电，关于"列缺"的神话却逐渐失传，列缺的含义也变成了"天空的裂隙"。到了后来，人们把雷公闪电的本事"剥离"开来，又创造了一位"电母"神。不过，关于电母的神话、传说实在是不多见。

春夏秋冬

古人不知道四季是因地球绕太阳公转而产生，凭自己的猜测和想象来加以"臆说"，这样，关于四季来历的神话传说就自然而然地五花八门了。

(一)楚人四季神

在先秦，楚人供奉自己的四季神，他们是伏羲、女娲所生的四个儿子

(羲仲、羲叔、和仲、和叔)。由他们分管春、夏、秋、冬四季。值得注意的是，和仲、和叔的"和"字在上古与女娲的"娲"字同音。和仲、和叔实际上就是"娲仲"、"娲叔"。随父、母姓，显然是父系、母系氏族社会的遗痕。或许当已进入父系氏族社会的楚人南下时，南方蛮夷之地仍有母系氏族存在。

(二)汉族四季的来历

四川成都市汉族《四季的来历》说，盘古开天辟地以后，世上四季不分，五谷不结。有一个西山老人让四个女儿出门学艺。她们分别学会了绣花、磨镜、做车子和推磨。大女儿穿上绿衣，绣出了春色满园；二女儿换上红衣服，磨出了一面镜子，抛上天空，一轮火球高挂，五谷生长旺盛；三女儿着黄装，架起风车，给人们送来凉风，又送来水车、纺车、鸡公车，让人们收获、纺织；四女儿一身素装，在宝山顶上推磨子，磨出满天白粉，大地一片"银装素裹"。老人给四个女儿分了工，从大到小，一人管三个月，这就是人间的春、夏、秋、冬。

(三)白族四季与土皇雨

白族民间传说，伏羲分出了一年与四季，让金、木、水、火四兄弟分管。他们的老幺土弟(一说是天公地母的幼子)知道后又哭又闹，也要参与分管四季。众人没法，只好从四季里各抽出十八天给他分管。据说他自幼好哭，所以，在他当值的时候，天就要下雨。人们把这个时候下的雨叫土皇雨。

(四)侗族四季与月令、廿十四节气

侗族神话认为，是风神造成了节令的变化。坤岁按照一年四季的需要，上天去把风神请来，由此造成了一年四季的变化。在这里，坤岁实际上充当了四季神的角色。侗族神话古歌《造万物》第八章说，是布灵按照自己手指节的顺序排定了四季、十二个月和二十四节气，又定下了十二个月为一年。

长江流域的社会生活神话

人类如何用智慧赶走野兽,获得独自的生存空间;如何创造八卦之谜和文字;巫师、歌舞的由来;人怎样利用动物;人、五谷、草药、火种由谁最初创造;英雄们又是如何守卫着自己的疆土……这些流传至今的神话传说,隐约中反映出原始阶段人类社会的社会生活、社会问题和社会思想。

长江流域的社会生活神话

人在什么时候和野兽分手，什么时候学会了耕作，什么时候有了歌舞，又如何有了文字？人为什么会成为人，部族之间又是如何争斗的？人为什么与动物的生理结构不同，而且会种五谷，能用草药治病，可以用火为自己造福？这一切源自于人有文化，能用自己的聪明才智将自身与动物彻底区分开来，成为文化英雄。

长江中下游地区传说中的汉族神战英雄往往以悲壮的牺牲为结局，而少数民族的神战英雄却都是凯旋而归。勇士们为了部族的安全和福祉浴血奋战，其战绩为后世千秋万代所传诵。

文化英雄神话

文化英雄神话主要讲述：人类如何用智慧赶走野兽，获得独立的生存空间；人类祖先又如何创造八卦之谜和文字；巫师名称、歌舞的来历；人是怎样利用动物的……读来十分有趣。

（一）人兽分手

侗族神话传说里，在松桑、松恩生育的十二个孩子中，只有姜良、姜妹是人（另外的十个兄弟是龙、虎、蛇、雷、熊、猫、狗、猪、鸭、鹅）。他俩不愿和禽兽们生活在一起，便借比武之机，放了一把火，烧着了树林，烧着了山冈，烧得雷婆窜上了天、老虎躲进了老林、老龙跳进了水里、蛇钻进了洞里。猫、狗、鸡、鸭慌慌张张跟在姜良、姜妹身后跑——后来成了家禽家畜。

（二）八卦之谜

在长江中游的大别山南麓，民间流传着《伏羲画八卦》的神话传说。

伏羲在不周山的四面八方挖了八个洞，他轮流到各

「伏羲画八卦」

个洞里看天上的星星,按照天上四方的星星打点点。他在孟河得到了一匹八尺五寸长的龙马。到了晚上,龙马身上发亮,伏羲就照龙马身上的五十五个亮点,画出了八卦图。他在洛水又遇到一只活了几千年的老乌龟,他心里一动,照着乌龟壳画出了八卦的图案。

(三)文字起源

民间歌谣云:"仓颉造字一担粟,传给孔子仅八斗。还有两斗不外传,借给道士画符咒。鬼画桃符人不识,才高八斗有来由。"把仓颉造字、孔子传字、道士借字和"才高八斗"典故的来由说得一清二楚。今人周濯街据之敷衍成长篇神话小说《造字之神——仓颉》。

长江下游的民间神话传说,是在仓伦的帮助下,仓颉才完成了造字的千秋伟业。

纳西族说,天神在教汉族认字的时候,汉族不停地点头。天神认为汉族记性好,就给汉族创造了许多汉字,一字一音,一字一意,还按照汉族识字时不停地抬头、低头的习惯,把汉字竖着写。藏族在认字时,不停地摇头,说"学不会了,学不会了"。天神就只给藏族创造了几十个字,还按照藏族识字时不停摇头的习惯,把藏族的经书从左到右横着写。只有纳西族去晚了,天神睡觉了,这一睡就是三年。纳西族的东巴山兰只好回去自己创造了一套既不同于汉字,也不同于藏文的象形文字。

彝族说他们的文字是跟垄奴戈补鸟学的。

「仓颉造字」

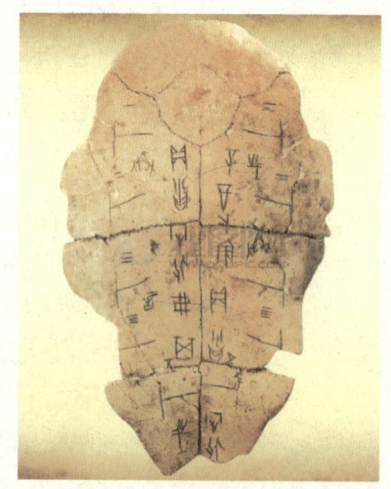

「中国古老的文字——甲骨文」

(四)巫师来历

土家族说,一位土家姑娘在上山采蕨菜

的路上，误踩了白虎的脚印，当即身怀有孕，在路边岩洞里生下了一个小男孩。白虎为她送来了水和兽肉、锦鸡蛋，晚上就守候在洞口保护她。小孩稍稍长大了一点，白虎就背上他到坡上玩，晚上讲天上星宿的故事给他听。白虎要出门或有事时，总是拿出一本"无字天书"来看。一天，挖孔雀鸟的屎落到了白虎的背胛上，白虎的皮肉都慢慢地烂了。白虎死后，小男孩拿着那本"无字天书"回到了村寨，用"无字天书"帮人占卜凶吉，非常灵验。每当人们问起他的姓名和家世时，他便说自己是四处流落之人。因此，土家族便把巫师称为"流落"。

「古代巫师彩绘图」

（五）人兽关系

彝族神话传说《三兄弟》说，三兄弟出门学艺，老大夺艾找到神鸟，学会了鸟语；老二夺哩找到植物神，学会了采药，并得到了一包不死药；老三夺勒找到山神，学会了缩地术。后来，太阳和月亮偷走了不死药，三兄弟便架上长梯往天上爬，并带上虎和狗协助，准备一起要回不死药。这时，蚂蚁啃断了梯子脚，虎和狗就留在了天上，天天咬太阳和月亮，由此出现日食和月食。太阳和月亮吃了不死药，总也不死，老是挂在天上。但是，地上的不死药却因此断了根。

《尔尔火马》说，天神支格阿龙叫动物们都来参加劳动。人不仅听话，而且聪明，支格阿龙便让人们有饭吃。动物们不劳动，支格阿龙便只许它们吃草。虎豹既不劳动，又不肯吃草，猪马牛羊把这事告诉了天神支格阿龙，天神便让老虎和豹子成为人们狩猎的对象。虎豹从此和猪马牛羊结了仇，老是追着咬吃它们。支格阿龙便叫它们和人一起住，后来成了家禽家畜。

(六)歌舞由来

中国的少数民族大多能歌善舞,关于歌舞技艺的由来也有很多说法。

1. 偷歌种

纳汉四也和班固妈偷偷爬上天上唱歌的歌树偷歌种。蝉姑娘情不自禁地跟着歌树学唱起来,吵醒了看守歌树的龙鳞精。四也被捉,班固妈从鹰背上摔下来,死在仙界山脚。被押回人间的四也把歌种种在班固妈坟前,长出一棵高大的歌树,树叶上印着侗歌的字纹。丢归雀天天飞到歌树上按照歌树叶唱歌,侗族便跟着学唱。歌声惊动了歌神萨祥,她下凡来吹倒了歌树,把丢归雀和歌叶丢到河里。丢归雀到了河里还是不停地唱歌。被贬下凡后变成一条大恶鱼的若洛一口把丢归雀吞了下去。人们用麻绳作线,牛崽作饵,把若洛钓了上来,从它肚里把丢归雀救了出来。丢归雀对着歌叶教大家唱歌作为报答。后来,人们又把侗歌用汉字记下来传唱。偷歌种的四也把用汉字记音的侗歌装在箱子里,挑着歌本到处传唱。

2. 买歌

金壁到天上讨歌,天上的歌舞很多。金壁学了七天,地上的人们就等了七个月。人们派了两个侗家后生和一个苗家后生去催他回来。他们又一起去找歌师买了许多歌。刚走到天门边,就被一阵狂风把歌吹跑了。他们上天入地,最后是水獭帮他们从水底把歌要了回来。

3. 买歌舞

侗家把买歌舞称之为"确"。说是金壁和三个后生到天上买了"确"回来,刚走到天界岭,苗家后生古赛就摔死了,"确"也丢了,芦笙也摔坏了。大家分头去找,在水獭的帮助下,他们找到了一些"确"。后来,他们又仿造出了大大小小的芦笙。从此,侗家才有了歌舞和芦笙。

「侗族芦笙比赛」

长江流域的社会生活神话

4. 跳锅庄

四川藏族说：大洪水冲走了粮食和种子，皇帝悬皇榜招贤。一只大黑狗用尾巴揭了皇榜，找回了粮种，皇帝把三公主嫁给了它。黑狗和三公主生下了九个儿子。九兄弟长大后，晓得他们的父亲是一条狗，就在打猎的时候把黑狗打死，然后抬回家。过了几天，大黑狗生了蛆，遍地都是蛆在爬。九兄弟就牵起手来跳着把蛆踩死。后来藏族的锅庄舞就是从踩蛆开始的。

「锅庄舞」

5. 琴瑟演变

据汉族典籍和民间神话传说记载，瑶琴是伏羲时代一位工匠制作的。最初是五弦，周文王为了纪念死去的儿子，就加了一根弦，到了周武王时又加了一根，这就是人们所说的七弦琴。

文化起源神话

相当一部分的文化发明创造，被归附于一些著名的英雄；也有一些文化发明创造者的姓名被时光所磨蚀，但其事迹却流传了下来——虽然他们的姓名往往被他人鸠占鹊巢所"冒名顶替"。

（一）人体

人体当然有别于他物之体，对神话传说而言，人体不同于动物之处也成了解释的对象。

1. 喉结

《喉包的来历》说，盘古开天辟地以后，王母娘娘用黄泥捏了一男一女配夫妻。王母娘娘又从天上丢下一个仙桃核，长出一棵桃树。夫妻二人摘桃子吃的时候，男的让女的吃桃肉，自己吃桃核。不料，桃核卡在喉管里上下不得，日子一长就长成了男人的喉包（喉结）。

2. 脊槽

古时候，天帝见人们过于轻闲、快活，就撒下几箩筐草籽，让人们整天薅个不停。人们累极了，枕在耙子把上一睡几百年，醒过来时，背上已经枕出了一道槽，一代接一代地传了下来。

3. 智慧

早年间，人和其他动物没区别。后来，玉皇大帝（一说是观音菩萨）让猫把一碗叫"智慧"的食物给天下的生灵们吃。谁吃了这食物，谁就变得聪明。猫和人的关系很好，事先给人透了信，想法让人把这食物吃了——人的智慧是猫送的。所以，人们对猫特别好，让猫和自己住在一起。

4. 语言

世上有了万物以后，所有的动物都会说话。天帝嫌吵得慌，打算只让一种动物会说话，就让所有的动物去喝"神水"。人见青蛙蹦得太累，就把青蛙带到了天庭。那时候，青蛙远比人聪明，它见人的心肠好，就指点人去喝那"浑浊"的水，自己却抢着喝了"哑水"，其他的动物也跟着喝了"哑水"。结果，世上只剩下人还能够说话。所以，人对青蛙特别好，让它住在稻田里。

5. 死亡

早先，人是不死的。活到四十岁，像蛇一样蜕去一层皮就又年轻了，只是蜕皮的时候太难受。而那时的蛇却不脱皮，像现在的人一样，活到一定的年龄就死了。有一个人在蜕皮的时候难受得直叫唤，宁愿死也不愿蜕皮。旁边的人就替他向玉皇大帝求情。玉皇大帝奈何不得，就答应把人和蛇换一下。从这以后，蛇蜕皮，老也不死。人，不蜕皮，活到一定的年龄就死了。

(二)五谷

在农业社会，要种粮食就得有种子，种子从何而来便成了人们关注的一个焦点。

长江流域的社会生活神话

1. 狗偷谷种

四川苗族说，王子阿措在寻找谷种的时候，被蛇王变成了一只黄狗，但他还是偷到了谷种。在回家的路上，土司的三女儿阴差阳错地嫁给了他，他又变成了人。从此，人间就有了谷种。

「五谷杂粮」

四川藏族则说，是一只大黑狗在一个小海岛找到了谷子、麦子、苞谷和四季豆的种子。皇帝依诺把三公主嫁给了他，俩人生下了九个儿子，后来繁衍成九个民族。

2. 娘娘灌浆

在汉族中传播得最广的是狗用尾巴从天上弄来谷种的神话。但有人说，是神农亲自去太阳公公那里讨来的谷种。神农见结出的谷子尽是空壳壳，就让正宫娘娘把奶汁挤了进去，谷子马上变得沉甸甸的。也有人说，往谷壳里挤奶的不是神农的正宫娘娘，而是女娲娘娘。

3. 砍畲烧畲

土家族的老祖太婆火畲神婆是农耕文化时期的农神。是她发明和传播了砍火畲烧畲（用烧荒的余烬将小米壳烧爆裂，以利于小米发芽、生长）的山地农耕方法。

4. 稻麦打架

长江下游民间神话传说中，除了保留狗从天上偷回谷、麦种子的内容外，还增添了稻和麦为争下种时间而打架的情节。它们俩都不愿在冬天下地，麦子一头撞掉稻子的一只角，稻子回手在麦子的肚皮上划了一道槽。人们便在冬天种麦子，收了麦子之后再种稻子。

(三)草药

古人有两种方法治病，请巫医、吃草药。谁人识得草药？识药性者，非神农莫属。所以在民间就有了神农尝百草的传说。有一次在神农架，神农误食了断肠草，被毒死了。有人在传说中给他配了一位助手——药蟾，

「神农尝百草」

药蟾的肚皮是透明的，好让神农能看清药性在药蟾体内的反映。

(四)偷取火种

侗族神话传说中的始祖姜良、姜妹用一把大火分开了人和兽，但这则神话并没有说出人间火种的来历。

1. 汉族

长江中游的汉族说，古时候，人们用火要到天上去借，但不许女人涉足。有一个月母子，因为男人出门了，只好自己去借火。这一来，天上认为她把天庭给玷污了，从此就不让人借火了。

2. 羌族

羌族神话说，燃比娃上天寻父取火，他的父亲火神蒙格西第一次送给他一个火把，第二次送给他一个火盆，都被天上的恶煞神喝都夺走了。第三次，蒙格西把火种藏在火石里让他带到了人间。

3. 藏族

远古时，只有两个巨人有火，但没人敢去向巨人讨火。有一个叫登巴的人，约了一批动物去偷火。他让老虎、狗、猫、马、青蛙沿途排开，又让动物们大声喧哗，吸引巨人的注意力，他偷了巨人灶里的一块火炭，递给了外面的老虎，老虎、狗、猫、马、青蛙又依次接力，把火传到了人间。

4. 苗族

长江上游苗族神话说，玉皇大帝在苗家没有吃到猪腿，就把苗家的火种收走了。盘老大灌醉了玉皇大帝，偷出了火种。玉皇大帝把盘老大押在顶鼓山上，让老鸹、老鹰啄他的肚皮、肠子和心。

神战英雄神话

长江流域汉族神战英雄具有超人的能力，也具有不屈不挠的反抗精神，但结局都是悲剧。

长江上、中游的少数民族神战英雄神话与汉族的同类神话相比,风格异趣,有如下四个特点:一是拓疆英雄占有一席之地,二是出现了女性战神,三是用智慧战胜对手,四是主人公获得最后的胜利。

(一)蚩尤

湖南苗族认为,蚩尤是铁兵器的发明者,也是一尊战神,更是苗族的"先祖"。传说他发明、制造了好多兵器,具有呼风唤雨、吹烟喷雾的本事。蚩尤被黄帝杀死后,黄帝还画下蚩尤的形象来威服天下。大约是想告诉天下:蚩尤已经成为我黄帝的部下,你们谁也别造反。真是死蚩尤保佑了活黄帝。

「蚩尤」

瑶族认为蚩尤是其先祖,说他本来住在北方,在战败后率领族人往南撤退,一直退到南方各省。

(二)夸父

在蚩尤与黄帝的战争中,夸父族也曾作为蚩尤部队的同盟军参与了战斗。据文献记载,夸父族人也是炎帝的臣裔,都是些身材高大的巨人。他们的耳朵上挂着两条黄蛇,手里还握着两条黄蛇。

(三)刑天

继蚩尤、夸父之后,炎帝的臣裔中,又有一个名叫刑天的起来与黄帝争斗。因为他被黄帝砍掉了脑袋,所以后人称他为"刑天"。"天"就是脑袋。他左手持盾,右手提一把板斧去与黄帝搏斗。黄帝劈开常羊山,把刑天的脑袋埋在山里。刑天气坏了,以双乳作眼睛,肚脐作嘴,挥舞着盾和板斧继续搏斗。

(四)共工

炎帝臣裔中的共工（康回）和黄帝的后裔颛顼也狠狠地干了一仗。双方一直打到西北方的不周山下。共工见一时不能取胜，怒气大生，猛地一头向用来撑天的柱子撞去。只听得一声巨响，不周山被拦腰撞断了。随即，西北方的天空倾斜下来，天空的日月星辰都咕噜噜往西跑个不停，

「共工怒触不周山」

东南方的大地被震动得塌陷下去了一大片，大江小河也往东流去。当今西高东低的地形，就是被共工这一撞给撞出来的。

「防风氏」

(五)防风氏

防风氏也是炎帝的裔属，是一个"巨无霸"式的人物，生活在长江下游。因为大禹不喜欢他，在会稽山大会诸侯的时候，找了个由头把他给杀了。据说他的一根骨头就装了一车。至今，浙江德清县还有防风庙，周围有防风国、防风山、防风洞等名号。每年，人们还要举行祭祀防风氏神灵的仪式。祭祀中，要奏防风氏古乐，三位舞者披着长发，在大殿上随乐起舞。

(六)欢兜

在文献典籍和苗族神话传说中，关于欢兜的身份有三种说法：一说他是尧的儿子，因为好交游，又喜欢干些诸如"陆地行舟"的事，所以被舜流放在丹渊，建立了丹朱国。第二种说法说他是鲧的孙子，长着鸟的嘴巴和鸟的翅膀，只是有翅不能飞，只能把翅膀像拐杖一样拄着行走。第三种说法说他是颛顼的儿子。传说他葬在湖南，魂灵变成了一种身形像猫头鹰、

爪子像人手的朱鸟。

(七)后羿

后羿是上古战功卓著的英雄，他以善于射箭而闻名。他曾在南方杀了牙齿像凿子的凿齿怪兽，在洞庭湖边杀死了一口能把大象吞下去的大蟒蛇，在桑林擒获了大野猪。

汉族典籍中叙录的长江流域战斗英雄的所作所为不外乎两种：一种是面对黄帝族团南下压力下的守土抗争，另一种是为了炎帝的复仇行动，因而少有拓疆的神话传说。而这在少数民族里却并不罕见。

(八)廪君(土家族)

土家族祖先廪君神话的一个重要内容是拓疆。廪君姓巴叫务相，经过比赛掷剑，用泥土造船，众人推选廪君作了君长。廪君率领着五姓的人沿夷水（今清江）到了盐阳。盐水女神（盐水部落首领）爱慕廪君，被廪君拒绝了。但盐水女神并不灰心，一到晚上就来陪着廪君，天亮后变为飞虫，和其他飞虫一起在空中成群飞舞，弄得天昏地暗。廪君便叫人送了一缕青丝给盐水女神作定情、结盟的信物。盐水女神遵嘱把青丝佩带在身上。天明以后，盐水女神化为飞虫时，廪君就趁机照着空中飘舞着青丝的地方射了一箭，把盐水女神射死了。廪君带领着族人顺水到了夷城。从此，土家族人就生活在清江流域。

(九)莎玛、莎天巴、黑帝大王姜士奇(侗族)

莎玛为了抵抗外敌，身负重伤，舍身跳崖。突然间，一声霹雳，狂风大作，莎玛于飞沙走石中变成了金甲银盔、策马舞刀的天将，打败了敌人。莎天巴是莎玛强有力的支持者。当莎玛外出抗敌时，莎天巴便负责保卫村寨的安全。在敌人的偷袭中，莎天巴英勇牺牲。她俩被侗族奉为女神。

五代时，为了反抗楚王马希范，姜士奇被困于湘黔边境。楚兵火攻七天七夜，姜士奇被烧得浑身黝黑，仍持刀挺立于山巅。楚将以箭射之，他的身躯连中数十箭也不倒，敌兵吓得不敢仰视。随后几天，狂风暴雨大作，他的身躯依旧巍然屹立不倒，吓得楚王马希范忙封他为黑帝大王。

(十)负石老妇(白族)

传说汉朝时,汉兵打到云南大理南,看见一位老妇人用稻草搓的草索背着一块大石头迎面走来,她后面年轻男子所背的石块更大,吓得汉兵不敢再前进。佛教传入云南后,有人便附会说,这位老妇人是观音变的,其细节也更丰富。

(十一)光头王(水族)

水族先民在开拓疆土的过程中,受到尖头王率领的另一部族的阻挠。光头王神前来帮助水族。尖头王见势不妙,撒下刺种,漫山遍野马上长出了乱刺。光头王放出一把神火把满山的乱刺烧个精光。

(十二)羌戈大战(羌族)

很久很久以前,羌族的祖先中的一支迁徙到岷江上游,遇到早先就居住在这里的戈基人,羌人连吃了几个败仗。天神在梦中教给羌人作战的方法。在坡地上交锋时,羌人用树棍作武器,戈基人用麻秆作武器,戈基人当然不是对手;在高山上交锋时,羌人用白石作武器,戈基人用雪团作武器,雪团怎敌得过石头呢!第三次交锋在悬崖边,过峡谷时,羌人用手抱着溜索上的溜筒前行,戈基人用牙齿咬着溜索往前滑。天神在双方正过溜索的途中发问,戈基人因张口答话而全都掉下深渊摔死了。

(十三)德金(布依族)

古时候,布依族迁徙到一个叫雕渡的地方,一只巨雕守在渡口。它的翅膀有一间屋子大,见人就抓。德金用黏泥抟作巨大的泥团堆放在渡口岸上,然后逗引巨雕来抓他。巨雕的爪子陷在泥团里拔不出来。众人一拥而上,用木棒打死了巨雕。迁徙队伍这才安全通过渡口,顺利前进。

长江流域民间传说的结构

人物传说、史事传说、宗教传说、风物传说共同构成了长江流域民间传说的主体。其中,人物传说记录着古往今来无数俊彦豪杰的传奇故事;史事传说主要是老百姓对历史事件的评述,民本思想贯穿始终;风物传说是关于长江流域山川古迹、风俗习惯或土特产的由来和命名的解释性传说故事。

长江上游少数民族密布，民间传说与民间神话结合极为紧密，传说的数量相对于中下游地区显得略少。中下游地区居民主体为汉族，神话数量相对于上游地区来说要少，内容也显得单纯一些。秦汉以降，长江中下游地区与黄河流域的文化交流日益频繁，同上游地区的交往也日渐加速，由此产生的民间传说的数量显得格外巨大。所以，本章叙说的重点也就放在长江中下游地区。

人物传说

长江是一条勤劳的巨龙，把上游的肥沃带到了中下游，孕育了中下游地区的渔樵耕读的富庶和人稠物穰的繁华；它是大地母亲奔涌的乳汁，哺育了古往今来无数的俊彦豪杰，滋生了灿若繁星的人物传说。

（一）历史人物传说：楚王埋璧

楚文化代表了先秦时期长江流域文化的最高成就。楚人屈原创造了独步天下的楚骚文化，更因为楚人曾把一个统一了的长江中下游交给了秦人。时隔未久，秦人又把一个统一了的中国还给了楚人（张正明先生语）。

> 惊采绝艳的楚文化为气度恢宏的汉文化铺染了瑰丽的风采。自有楚、汉，大量的上古神话传说才得以被记载下来。"楚王埋璧"带有浓厚的原始巫文化色彩，可以作为长江流域传说的一个标志。

1. 先秦

传说因人而生存，人因传说而传名。峭崖之草，其形体虽不高伟，却能令千夫仰首；低谷之木，若非有参天之姿，哪得万民仰瞻。出现在民间传说中的人物，若非帝王将相，定是智言慧行之翘楚或一方出类拔萃之人才。否则，难以成为纵贯古今的市井里巷之谈数。

（1）卞和。春秋早期楚人卞和，在荆山下得到一块璞玉，便兴冲冲地献给楚王，谁知玉工却说这是一块石头，楚厉王刖了他的左腿；楚武王即位，卞和又去献玉，玉工又说是一块石头，武王下令刖了他的右足；楚文王即位，卞和抱着璞玉在荆山下痛哭了三天三夜，楚文王听说此事，便派人剖验，果然是一块稀世宝玉，遂命名为和氏璧。后人传下一句俗语——"有眼不识荆山玉"，后讹变为"有眼不识金镶玉"。

「卞和献玉」

（2）楚共王埋璧。春秋中叶，中原已进入史官文化时期，楚国依然巫风盛行。楚共王没有嫡子，只有庶子五人。楚共王与巴姬一起在宗庙庭院里埋下一块璧，让五位庶子依次跪拜。只有最小的老五正好当璧而拜，因此被立为太子，就是后来的楚平王。这件事被后人讥为"弃礼违命"之举。

（3）楚元王禁猎鹿。楚人尊龙崇凤爱鹿。宋代刘斧《青琐高议》记载，楚元王（疑为平王之讹）在云梦泽里狩猎，围住了一万多头鹿。鹿王突出重围亲见楚王说，请不要灭绝了鹿类，我愿每天送一头鹿给您，供庖厨之用。楚王顿生怜悯之心，马上下令禁止猎鹿："有敢杀鹿者，与杀人罪同。"后来，吴军攻楚。一天晚上，吴兵听见营帐外万马奔驰，以为楚人搬的救兵来了，急忙撤走。天亮后，楚王见到吴军营帐外有无数的鹿蹄印。鹿王来到楚王面前说，是它率万鹿绕吴军营帐奔驰，吓走了吴兵。

（4）次非斩蛟。楚国有一个叫次非的人，在干遂得到一把宝剑。当他乘船归家时，木船被两条蛟龙缠绕。船上的人都说它们是为了宝剑而来，劝他把宝剑扔进江里。次非说，我看它们只不过是江中的腐肉朽骨罢了，我怎能为了保全自己而丢掉宝剑呢！他奋身跳入水里，刺杀了两条蛟龙。

（5）其他人物传说。先秦时期，长江流域的帝王（诸侯）传说较为丰富。尤其是春秋战国时期，上游有滇王庄蹻、庄蹻、岷山庄王、蜀王蚕丛、柏濩、鱼凫、杜宇、开明、巴王、廪君、楚王、吴王、越王等。其他英雄、名人的传说数量也不少，如"颛顼死即复苏"的鱼妇、割头以谢楚人的巴蔓子、疗大蛇而得明珠的随侯、骑青牛出关的老子、鼓盆而歌的庄子、弹

「老子出关图」

琴遇知音的俞伯牙、百步穿杨的养由基、龙生虎养凤遮阴的令尹子文、好龙的叶公、叛楚适吴的伍子胥、忠而被谤的屈原、才华横溢的宋玉、冶剑名匠欧冶子和干将莫邪、为父母报仇的眉间尺、死不忘情的紫玉（吴王女）、为国忍辱献身的西施，等等。还有助楚攻宋的公输班（鲁班），再访荆楚而厄于陈蔡的孔仲尼。

2. 秦汉

长江流域具有崇智尊善的文化心态，对于以武力、霸道夺取天下的封建帝王鞭笞、嘲讽有加。对秦始皇如此，对刘邦也是如此，对朱元璋更是如此。而对文臣武将、文化名人则褒奖有加。

（1）秦始皇。在长江流域民间传说中，秦始皇的形象"糟透了"。传说秦始皇统一中国后微服私行，想听听民间的声音。夜宿客店时，他听见两儒生边观天象边谈论。一个说："紫微星动，皇帝出京了。"另一个说："看来皇上离我们不远。看见没有，帝星犯了客星。皇帝就在我们隔壁。"他再一打听，原来，儒生的能耐都是从书本上得来的。从这时起，秦始皇就起了"焚书坑儒"的念头。

秦始皇用武力征服了长江流域，在上起四川，下至江苏、浙江的"南人"却用民间传说把嬴政贬为一个小丑。最典型的就是广泛流传的"秦始皇赶山"传说：秦始皇征发民夫修长城，一位纺棉纱的老太太（亦说是观音菩萨或仙人）给了民夫一人一根棉纱，民夫们把它系在扁担上，肩上的担子马上变得轻多了。秦始皇发现后，马上把棉纱收缴上来做成一根赶山鞭，用来把大山都赶到海里去。龙王爷急了，就派龙女变成美女，盗走

「秦始皇」

了赶山鞭，对付贪色的秦始皇。秦始皇只好望洋兴叹。

(2) 楚汉。人们说，汉朝刘邦的天下本来是项羽的，是被狡猾的刘邦偷去的。穷孩子项羽，小时候老是被富孩子刘邦邀约的一帮富二代打得鼻青脸肿，常常跑到海边去哭。天长日久，龙王爷

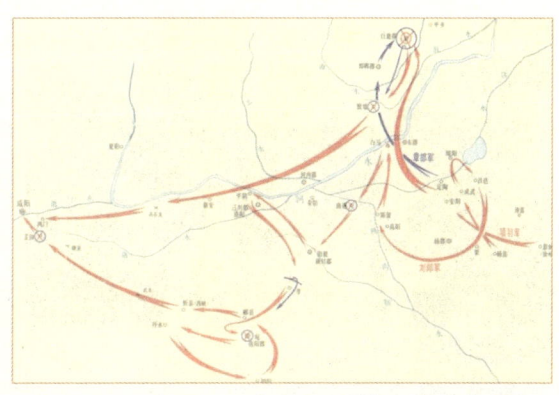

「项羽、刘邦灭秦之战要图」

心里怜悯他，就说："莫哭了，你明天早上到海边来，我送你得天下的秘诀和法宝。"回家的路上，项羽又被刘邦一伙毒打了一顿。项羽火了，发誓说："日后我得了天下，要你们晓得我的厉害。"刘邦见项羽话里有话，多了个心眼，假惺惺地把几个富家子弟劝走了，三言两语就把事情的原委套了出来。第二天天不亮，刘邦就冒充项羽到龙王爷那里骗走了秘诀和法宝。等到项羽去的时候，龙王爷才知道上了刘邦的当，只好给项羽十八般武艺和一个好身躯，好让他去和刘邦争夺天下。所以说，刘邦的天下是偷来的。

人们并不太愿意相信关于楚霸王项羽是暴君秦始皇"私生子"的离奇传说，于是用另一种版本的民间传说还其身世的清白。长江下游的人们说，项羽就是龙子。项羽的母亲（渔家女）梦见和一条龙有鱼水之欢后生下他。项羽一生下来就被一只母老虎衔进了老虎洞，饿了有老虎给他喂奶，热了有凤凰为他遮阴，所以才能成就一番霸业。

对后世影响较大的秦汉传说有长江上中游地区的《夜郎自大》（贵州）、李冰父子治水（四川）、昭君出塞（湖北）等。其中，《夜郎自大》已成为大家熟悉的成语，昭君出塞被编成戏剧后妇孺皆知。

(3) 李冰。在四川盆地，李冰化作苍牛与水神争斗，在众人的帮助下除去作恶多端的水神，根除了为水神娶妇的陋俗。李冰斗败江神后，率领民众凿开离堆，根除水患。在四川盆地留下了不少的传说。李冰的二儿子也因为协助李冰治水，射猛虎、擒孽龙，被川民奉为"灌口二郎神"。

(4) 王昭君。昭君和亲的故事借助多种戏曲形式流传甚广，影响颇大。至今仍在湖北兴山县及其周边地区流传。

「兴山昭君宅」

（5）焦仲卿与刘兰芝。东汉末年建安年间，在安徽庐江，产生了中国历史上优秀的叙事诗《孔雀东南飞》。焦仲卿与刘兰芝本为一对相亲相爱的小夫妻，因为婆母的不容，刘兰芝被休回娘家。其母、兄三番两次地逼她再嫁。为了信守诺言，也为了爱情，刘兰芝投水而死，焦仲卿也结环于树，殉情而去。这一传说被无名氏采撷进诗歌以后，遂成为中国古典诗歌的名篇。

3. 三国

民间戏谚说："唐三千，宋八百，演不完的三列国。"说的是传统戏曲题材的取材倾向。"三列国"是"三国"和"东周列国"的缩称。这种概括，用在长江流域的三国传说中也是恰当的。

> 湖北襄阳、云南、贵州及陕南地区以诸葛亮的传说最多；湖北荆州有关关羽的传说甚多；重庆、四川则以刘备及其家人的传说较为突出；河南、安徽、河北、陕西等地乃以曹操及汉、魏传说占主导地位；而河北等地也有刘关张等人的传说；东吴曾据有的地区又以东吴君臣及蜀、吴关系为主要表现对象。

（1）诸葛亮。南人好巧智，长江中下游民间传说的一个聚焦点就是诸葛亮智慧的来历，尤其是他的兵法、鹅毛扇和八卦衣的来历。

诸葛亮那百算百准的兵法，有人说来自于其岳父黄承彦（一说是水镜先生）的传授，也有人说是诸葛亮自己攻读兵书的结果，还有的说是他得到了狐狸精和通臂道人的

「古隆中」

相助。鹅毛扇、八卦衣则取自修炼成精的大鸟(大鹏鸟、白鹅精、麻鹅精)和龟精（山龟、乌龟、鹤精）。或者干脆说这三样都源于他岳父黄承彦所授。似乎不作此类解说，就无法解释诸葛亮超人智慧的来历。

云贵少数民族中诸葛亮的传说，一是与孟获的身平有关，如"出生、打虎、当上头领、患难夫妻、跟诸葛亮打仗"等内容；二是诸葛亮南征过程中给西南少数民族所带来的进步和发展，如诸葛锦、傣家竹楼、泼水节（洗澡）、种稻谷等。

（2）关羽。在民间，关羽是忠义的代表。荆州民间传说关羽曾变作放牛娃，折一根树枝把蚂蟥精从肛门一戳，翻转过来，戳得蚂蟥精求饶才退去荆州城的大水。对于关羽败走麦城之事，人们想方设法地为他解脱，说这是他杀了貂蝉的报应，将英雄的失败说成是无意的过失。

「关帝庙」

（3）东吴君臣。从湖南省的岳阳市、益阳地区，湖北省的咸宁地区、鄂州市、黄冈市到安徽省的合肥、舒城、潜山、巢湖等县市，以及江淮流域，江西九江市、江苏无锡市、徐州市、南京市，诸处都有东吴君臣的传说在流传。其中以孙权、周瑜、小乔、鲁肃、黄盖、张昭、甘宁、陆逊的传说最为引人注目。其内容主要集中表现为孙权、周瑜的亲密无间，鲁肃、张昭、陆逊等文臣武将的聪明智慧和黄盖、甘宁等人的勇武。民间传说中的鲁肃，一改《三国演义》中的形象，足智多谋又不失宽厚。

4. 魏晋南北朝

晋代文学家张华创作的《博物志》一书中所记载的《东方朔偷桃》、《西使献香》、《续弦胶》、《八月浮槎》、《千日酒》、《禹余粮》、《徐偃王始末》等故事，是富于神话色彩的异闻传说记录。《晋书·张华传》曾记载了这样一则轶事：吴国将亡时，斗宿和牛宿之间常常出现一股紫气。吴国灭亡以后，这股紫气更加明显。张华邀请术士雷焕夜观。雷焕说，这是宝剑的精气上彻于天的结果。从紫气所指来看，宝剑应当在豫章丰城（今南昌市境）。二人密谋，张华派雷焕到丰城作县令。雷焕到任以后，在县狱

长江文明之旅·神话传说

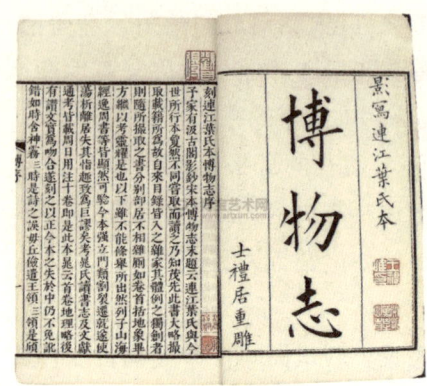

「博物志」

的屋基下，掘地四尺，挖出一个石函，里面有一对宝剑，上题"龙泉"、"太阿"。当晚，斗牛之间的剑气就消失了。雷焕派人送了一柄给张华。张华被杀以后，这把剑就失踪了。雷焕死后，他的儿子雷华在经过延平津的时候，宝剑忽然从他腰间跃出，落于水中。雷华派人下水打捞，下水的人未看见宝剑，只看见两条几丈长的龙，十分恐惧地回来了。龙泉、太阿剑就这样得而复失。

> 晋代是中国志怪小说的鼎盛时期，其中以张华的《博物志》和干宝的《搜神记》对后世的影响最大。两书对民间神仙鬼怪传说的影响也不可小觑。

5. 隋唐五代

在长江中下游关于隋唐时期的民间传说中，重点表现的是隋炀帝的荒淫腐化。人们在讲述"打春牛"习俗的来历时，都说因为隋炀帝作恶太多，所以老天爷让他变成"春牛"让人们抽打。

（1）李白。李白于唐开元十五年（公元727年）入赘故相许圉师家，由此滞留在安陆（今安陆市）达十年之久。当地传说云：李白不仅诗写得好，书法也有超群之功。他能够酒后骑马在一幅两尺宽、一丈五尺长的白绢上用脚夹斗笔写下一个"卜"字；他还具有过目不忘的本事，将和尚的经书看两遍，只须片刻，就能运笔如飞地默写出来。

（2）王勃。当年王勃从山西省到江西洪都（今南昌市）探望为官的父亲，船到马当（今属安徽省东至县）遇见一位须眉皓齿的老叟。老叟告诉他，明天是九月九重阳节，如果王勃能赶到洪都滕王阁一展文才，定当以文辞流芳百世。王勃说："这里离洪都有六七百里路程，一晚上怎么能够到达呢？"老叟说："我是这里的水神（马当神），你如果想去洪都赶赴滕王阁的文会，我可以帮助你。"说完，水神就不见了。王勃按照老叟的吩咐，马上解缆起航，清风送帆，一个晚上就到了洪都，在滕王阁的文会上

长江流域民间传说的结构

「滕王阁」

写下了千古传诵的名篇《滕王阁序》。这件事在五代王定保的《唐摭言》里有记载。

（3）黄巢。俗话说"黄巢杀人八百万，在劫难逃"。说是黄巢奉天旨要杀湖南、湖北、江西三省在内的八百万人，名单上的第一个人就是他的师傅了公和尚。黄巢磨好了刀却于心不忍，想用身边的空心大枫树代替师傅完成这一任务。不料，了公和尚就躲在这空心枫树里。枫树一断两截，了公和尚的头颅也就搬了家。这则传说，颇富宿命论色彩。

（4）钱镠射潮。五代时吴越王钱镠在杭州修海塘，却屡修屡坏。吴越王钱镠气坏了，叫来五千兵士，待潮水来时，一边施放强弩，一边摇旗擂鼓、呐喊放铳，又亲自取来一支铁箭射向潮头，潮水渐渐退缩了，海塘一下子修好了。杭州铁箭巷的地面上还有一支铁箭，有四五尺长，怎么也拔不出来。民间说，它就是当年吴越王钱镠射出的那一支铁箭。

6. 两宋

儒学的创始人孔子在长江流域的民间留下了不少的传说。无独有偶，宋代的理学大师程颢、程颐也在民间留下了一些富于传奇性的传说。

（1）程颢、程颐。二程兄弟俩生在黄陂（今武汉黄陂区），长在孝感（今湖北孝感市）。他们一直在凤凰台上用功读书。这年三十夜，灯油用完了，兄弟俩正着急，一个素衣女子走上楼来说，"奉太阴真君嫦娥仙子之命，给两位星君掌灯"。说完，在墙上画了一轮明月，照着兄弟俩读书。

凤凰台旁还有一个"晒书台"。民间传说，有一天，二程把书搬到外面的土台上晾晒。忽然间，一声雷响，天上落下雨点来，收书已经来不及了。大程提笔在纸上写了一个字，小程点火把纸条烧了。只见一道青烟直升上天，把头顶上的乌云冲散，现出一块青天，晒书台上滴雨未洒。

（2）包公。在汉水之滨的武当山流传着包公错断三案的故事。第一则就是为包勉鸣不平，说包公铡包勉是因为中了为子孙报仇的狐狸精的反间计。第二则是讲包公上了一个黑心瞎子的当，错斩了热心助人反遭恶报的

「包拯雕塑」

孝子"扬叉伞"。第三则说，包公在审一个浪荡公子害人的案子时，千虑一失。他在船上审案，浪荡公子变成老鼠，爬上了桅杆顶，而土地爷变成一只老鹰救走了老鼠。表面上看来，这三则传说是在揭包公的短，而实际上向人们传递的是这样一个信息：包公是人不是神。在劣神、妖和黑心人沆瀣一气时，包公难免不办错案。

（3）方腊。北宋末年方腊起义的影响范围，据旧史称有"六州五十二县"，波及长江下游江南的浙江全境和安徽、江苏的南部以及江西省的东北部地区。其遗留下来的民间传说则以浙皖交界处较多。

方腊起义的民间传说有六方面的内容：一是"官逼民反"为方腊揭竿而起的直接原因，如《花宝石》；二是方腊义军和百姓心连心，如《口围的来历》；三是平民百姓对方腊的怀念之情，史载方腊兵败为童贯所擒杀，但民间传说却给他安排一个善终的结局；四是女将百花公主在关于方腊起义的民间传说中占有醒目的位置；五是塑造了一个力大无比、有勇有谋然而性情急躁的农民起义军将领的形象；六是用多种方法渲染方腊宝刀的威力，表达了民众希望起义军杀尽天下贪官污吏的愿望。

（4）岳飞。南宋时期，民间传说的焦点是岳飞、岳家军，流传范围是长江中下游。主要内容是岳飞出世、得名，岳飞破金兵，岳飞父子遇害风波亭，百姓对此的反应及其对岳飞后裔的保护。

"油炸烩"（油条）最早起源于杭州。秦桧害死了岳飞父子，杭州城里的百姓纷纷为岳元帅抱不平。做烧饼

「风波亭」

长江流域民间传说的结构

「岳飞」

的王二与做糯米团的李四谈起此事，不禁怒火中烧。王二揪出一团面，捏巴捏巴，做成一男一女两个人形，放在李四的油锅里炸了起来。边炸边叫唤，"大家来看'油炸烩'罗！"秦桧见了也无可奈何。于是，杭州城里就诞生了一种新的小吃——"油炸烩"（油条）。

岳飞被害后，十年前受岳飞之命留在黄梅镇守五郎关的岳震（岳飞之四子）在百姓的帮助下，改姓为鄂，隐居在黄梅县南二十余里的聂家湾。直到岳震的二儿子鄂继贤娶妻熊氏时，其真实身份才被昭示于人，并在当地留下了结婚"偷新房"、"审新郎、新娘"、"打老爷下堂"的结婚习俗。

湖北、湖南曾是岳飞征讨杨幺时活动过的地方。有意思的是，民间传说并不说岳飞是来征讨杨幺的，而说他是来攻打金兵的。岳飞驻军鄂州时，粮草匮乏，有一位仙人夜访军营，送来一口宝锅——这边下生米，那边就可以出熟饭，士兵们可以边煮边吃。仙人还送给他三块劈柴，雨水浇不息，大风吹不灭。

（5）韩世忠。长江下游地区也流传着韩世忠与梁红玉夫妇俩的传说。在江苏镇江市丹徒区就流传着韩世忠夫妇为杀敌而赶架河桥、在谏壁割发表杀敌决心、在黄天荡大意痛失金兀术的传说。

（6）杨幺。在洞庭湖周边地区，人们说，杨幺是黄龙转世。神仙送给他的三样宝贝：一匹炭红千里马，一把宣花神斧，三把神沙。杨幺还得到了会法术的龟老公的帮助。杨幺吃了几十斤重的黄鳝鱼后，在水里能像黄鳝鱼一样行动自如。杨幺死后，他用过的铜钟也因为不愿落到官兵手里，而从远离洞庭湖的湖北嘉鱼凤凰山飞到了湖南岳阳洞庭湖的君山上。明明是岳飞征剿杨幺，民间传说却偏偏不让他们俩交锋，只让杨幺与牛皋交战，交战的结果往往是牛皋狼狈不堪。

7. 元

元代是中国历史上较为短命的朝代，入主中原只有 60 余年的历史，除了留下一个八月十五吃月饼杀鞑子的风俗传说外，在民间传说（特别是在长江流域）里几乎没有留下什么痕迹。

8. 明

明王朝起事、开国在长江流域，留下传说甚多。

(1) 朱元璋。朱洪武在长江中下游民间传说里形象不佳。首先，面目可恶。一脸大麻子、一脑壳的癞子。其二，为人懒馋。给别人放牛，要么画地为牢把牛圈在里面而自己躲在一边睡大觉，要么干脆把牛宰了吃了，把牛尾巴插进地里叫土地爷扯住，说是水牛钻了土。其三，心胸狭窄多猜疑。为朱元璋拼死打天下的一批开国元勋，几乎全部被朱元璋烧死在庆功楼里。

「朱元璋」

马皇后时刻不忘提醒、纠正朱元璋的过失。当朱元璋大肆杀戮功臣时，是她给刘伯温送枣、桃，暗示刘伯温赶快逃命。对刘伯温，民间传说重点突出他知人善任、聪明过人的才智。

(2) 陈友谅。在江汉平原传说中，陈友谅"一生下来，脑前背后就有鱼鳞一样的青斑"，吃了败仗也有神灵保佑他。论武功，他能空手抓箭，射鹰不用弓——用手一掷百发百中。他娶了有才有貌、文武双全的潘金花为妻。在贤妻的辅佐下，他身经百战有九十九次得胜——最后一次，因为中了朱元璋的激将法，才吃了败仗。

(3) 徐寿辉。相关传说内容集中在表现徐寿辉的机智、果敢、刚强的个性上。《石船起航我造反》中，徐寿辉让人预先蓄水，依计扒坝，大水冲动石船，使人以为他是在顺天意而起兵，起到了发动群众的作用。《月夜杀家支》则显示了徐寿辉的有勇有谋。

(4) 沈万三。长江中下游流传的沈万山传说集中表现了三个方面的内容。

其一，关于沈万山发家的传说：一是沈放生了一只青蛙后，青蛙为了报恩从水池里刨出聚宝盆，沈得以成巨富。二是贱买贪官的赃物作本钱经商而成巨富。三是乘船寻找刘伯温偶得太乙（聚宝）盆，因此而富。

其二，钱多不如权大。沈的聚宝盆被朱元璋拿去垫了南京城的城墙脚。

其三，富家易出败家子。沈万山的儿子从小被娇惯得不像样子，衣服、鞋子穿过一次就不要了，吃饭餐餐要吃没吃过的菜，一百两银子吃一顿饭还说没吃饱——吃的什么呢？牡丹花籽油炸金鱼秧子。

(5) 嘉靖皇帝。说是明正德帝朱厚照死时留下遗诏：藩王朱厚熜（封在湖北省钟祥）和冀王（封在河北）"先到为君，后到为臣"。在算命先生严嵩的策划下，朱厚熜扮作钦犯日夜兼程赶往京城登上了皇位。朱厚熜在路途上吃的特制食品成为流传后世的一道名菜：蟠龙菜。

(6) 李自成。李自成兵围北京，崇祯皇帝出宫算命，算命先生分别把他的"友、酉"拆解为"大明江山已去了一半，有人要反掉大明江山；皇上上面无头、下面无脚，离死不远了"。崇祯皇帝没过几天就奔煤山找棵树吊死了。江苏丹阳民间则将算命先生换成了李自成。

湖北九宫山是李自成的葬身之所，当地民间流传着不少关于李自成临终和身后的传说，概括说来，大致包括以下几个方面的内容：李自成是被当地村民误杀；当地村民为此而负疚，以致将李自成的坟墓当祖坟看待；李自成的遗物福荫山民。一是宝剑。李自成的宝剑有报凶信和镇邪的功能。只要宝剑自己跳出剑匣，附近的百姓就将会遇见凶祸，提醒人们赶快避开。据说，日本鬼子打到通山时，宝剑就报过一次信。又说，附近金家山一个妇女难产，三天三夜没生下来，把宝剑请来往

「九宫山闯王陵」

床头一挂，一时三刻，小孩就生了下来。后来，人们只要遇见难产、病痛，就请来宝剑镇妖压邪，没有不灵的。二是金印。李自成的金印在官府前来搜查时，陷地为潭，后来又来了一条蛟龙护印。三是闯王树。李自成坟前长出一棵水桶般粗、五六丈高的松树。据说，它是闯王李自成神灵的化身。当地有天灾人祸，只要挂起天灯，松树就会消失，李自成就会身着白色箭衣站在那里，灾祸也会随之消除。

(7) 张献忠。鄂东地区民间传说为"杀人魔王"张献忠"正名":有人劝张献忠少杀一点人,张献忠回答说:"天生万物以养人,人无一德以报天。对那些坏人,我张献忠就只一句话:杀杀杀杀杀杀杀!"后来,他干脆竖了一块碑,上面只写了七个"杀"字,以示他除恶务尽的决心。

9. 清

江苏扬中市的《努尔哈赤的传说》说,他本来是七仙女的儿子。因为七仙女怕王母娘娘怪罪,就把他放在树丫上,让他从天河里漂流到人间。他流落到明朝边关总兵手下当了一名小兵。在替总兵洗脚时失言说自己脚上有七颗红痣,长大了要当皇帝,因此招来忌恨。努尔哈赤在一大群乌鸦的庇护下总算拣了一条小命。等他当了皇帝,就在每年他逃命的日子里杀三千个汉人,送到东北的荒滩上喂乌鸦。后来,有一位大臣于心不忍,就劝他把每年要杀的三千个汉人直接送到东北荒滩上去种粮食给乌鸦吃。努尔哈赤准了大臣的奏章,从此以后,东北就有了汉人居住。

「努尔哈赤」

清王朝唯一给长江下游民众所带来的值得回味的事情莫过于"乾隆皇帝下江南"了。有的说,他本是汉人,被皇室以凤换龙进了皇宫,后来当了皇帝,下江南是为了回家省亲。

(二)工匠传说:干将莫邪

工匠的出现是人类第二次社会分工已完成的标志。长江流域的工匠们不仅创造了璀璨的物质文化,而且留下了一串串珍珠般的传说。从内容来看,工匠传说的主体是行业祖师爷;从心理来看,这也是工匠们尊师崇祖以及宣传、抬高本行业社会地位的需要所使然。

长江流域民间传说的结构

1. 祖师爷的传说

长江流域工匠传说极其丰富的原因在于：魏晋南北朝以后，长江流域的社会经济发展速度逐渐超过黄河流域。经济的发达反过来又刺激了社会分工进一步的细致和多样化。就俗称而言，多则360行，少则72行，行行都有自己的祖师爷。实在无计可寻的，和别的行业共用一个祖师爷也无妨。

（1）神农。民以食为天，国以农为本。论行业，第一还数农家。农业的祖师爷举国公认是神农。传说是神农教人们"艺五谷"，还说是神农降服了牛魔王，让它帮人们耕地。

（2）伏羲。开始，伏羲教人们用手在水里捉鱼吃，龙王爷怕人们把鱼捉绝了，就和伏羲论理，甚至动手打了起来，最后闹到了天老爷那里。天老爷对伏羲说："想吃鱼可以，但不能用手抓。"伏羲看到蜘蛛结网，心里一亮，找来一些葛藤和树枝捆扎成蜘蛛网的样子，到河里一试，嘿，比用空手捉鱼强多了。伏羲把结网打鱼的方法教给了人们。

（3）鲁班。为什么在长江流域有众多的鲁班传说呢？答案有三：一是鲁班确实到过长江流域。二是据文献记载：在鲁成公二年（公元前589年），"楚侵及阳桥，孟孙请往赂之。以执斫、执针、织纴，皆百人，公衡为质，以请盟。楚人许平"。（《左传》）其中的"执斫"指的就是木匠。其三，举凡木工及相关行当里的巧匠之事迹都附会到鲁班身上。作为始祖，鲁班有几大贡献：一是发明锯子；二是将锯子与斧头结合，发明了刨子和鱼鳔胶；三是带出了一批弟子，既有木匠，也有石匠、泥匠、篾匠等。鲁班的母亲和妻子分别发明了木工用具"母智"、"班母"（弹线墨斗上固定线头用的带钉木钩），"班妻"（木工长凳上用来顶住木头的木橛子）。

传说鲁班平生有两大失误：一是鲁班修好赵州桥后，张果老用毛驴驮上三山五岳过桥，差一点把桥压垮了。鲁班恨自己有眼不识仙人，一气之下把自己

「 20世纪50年代重修前的赵州桥 」

的眼睛抠了一只出来，所以，后来的木匠吊线时都是睁一只眼，闭一只眼。二是"有眼不识泰山"。泰山是鲁班的弟子，鲁班带了他一段时间，就把他给撵走了。后来，泰山开创了篾匠行当。鲁班偶然看到泰山的"作品"，自悔当初错看了泰山，说自己"有眼不识泰山"，抠下了自己的一只眼睛。人们还说，石、木、泥瓦匠等，当初都是鲁班徒弟。还有的说，鲁班的妻子是泥水匠、漆匠的祖师。

（4）志公。有人说，漆匠的祖师是志公和尚。志公是峨眉山报国寺里的和尚，他用禅杖把大巴山上的一个树精打现出本相，流出了殷红的血浆。志公把它涂在禅杖上，风一吹，乌红发亮，十分好看，这就是生漆。会割漆的就会作油漆，说他是油漆匠的祖师爷也没有什么不妥。

（5）鲁班、张班。梳篦匠的祖师爷是鲁班和张班。大禹治水，三过家门而不入，头上长满了虱子和虮子。大禹先是找孙悟空帮忙，孙悟空用毫毛变了几只小猴来给大禹捉虱子，不想适得其反，把小猴们也弄了一身的虱子。大禹又去向瑶姬求援，瑶姬给了他一个字"梳"。大禹只好请来鲁班和张班帮忙。鲁班用黄杨木作了一把梳子，张班用细竹篾作了一把篦子。大禹一用，还真灵，虱子、虮子都弄下来了。

（6）太上李老君。相传，太上李老君是铁匠和铸造业的祖师。铸剑与制铁工艺有异曲同工之处，可互相借鉴。

（7）宁封子、范蠡。制陶业祖师相传为宁封子、范蠡。四川民间说，宁封子偶然见到烧野兽的灰烬中有烧硬了的泥块，心有所悟，发明了陶器。

范蠡乐善好施，当他把手中的钱财散尽时，碰见了姜子牙。姜子牙为了点化他，在河边送给他一条大活鱼。范蠡灵机一动，用河泥捏了一只泥盆，把鱼放进去，加点水，烧熟后狼吞虎咽地吃了下去。吃完发现这泥盆挺好用，从此不仅做泥盆，还做一些碗、缸、罐卖。人们称之为陶器。

（8）罗祖。传说皇帝头上长有一个鸡冠，理发师稍不小心碰着了，皇帝一痛，就把理发师给斩了。京城里的理发师杀完了，皇帝就要大臣们给他理发，文武百官也被杀了不少。轮到罗祖给皇帝理发了，他用了一根骨头簪儿，挑开一绺头发理一绺，直到理完也没碰到皇帝头上的鸡冠。皇帝一高兴，就封罗祖为神仙。就这样，罗祖救了一个行当，也成为剃头业的祖师爷。

（9）嫘祖、马头娘。一位姑娘因为思念父亲，就对大白马说，如果能找回她的父亲，她就嫁给它。白马挣断缰绳，驮回了姑娘的父亲。在家人的反对下，姑娘食言了。姑娘的父亲把白马射杀，剥下了马皮。当姑娘从晾晒的马皮旁边经过时，马皮突然卷走了姑娘。人们找了好久，才在树上找到了马皮和姑娘。姑娘已经变成了吃桑叶吐丝的马头虫——蚕。湖北宜昌民间传说，发明蚕桑的是黄帝的正妃——西陵氏姑娘嫘祖。

（10）织女、黄道婆。最早用蚕丝进行纺织的是传说中的织女，人们公推她为纺织业的祖师。但用棉纱织布的祖师则是黄道婆——一位从松江逃出家门的童养媳。她在海南学会了种棉花、纺织、织布，又把这些技术带回了家乡，长江下游的人们都把黄道婆尊为棉纺业的祖师。

「黄道婆」

（11）裁缝祖师。从裁缝祖师的传说中，我们可以看到成为祖师的四个条件：一是"真正的创始人"，如鲁班、太上李老君等；二是对本行业做出了突出贡献者，如罗祖；三是始祖神，如女娲娘娘；四是名人，按照长江下游句容县的民间传说，是鲁班的妻子周秀莲动员一个叫赵子真的青年男子跟她学裁缝，赵子真的徒子徒孙们把鲁班夫人周秀莲尊为裁缝业的祖师。

（12）葛洪。葛洪炼丹炼出了盐，老天爷不愿让人享受这好东西，就派太阳神和龙王爷把它偷走了。葛洪和老天爷辩理，并找龙王爷讨回盐丹。龙王爷使坏，把盐丹化在了海水里。盐是太阳神和龙王爷合伙偷走了，当然还得叫他们还回来。所以，太阳神就得乖乖地帮人用海水晒盐。

（13）杜康。杜康偶然把饭遗忘在树洞里，过了不久，饭食自然发酵成了酒，杜康不仅成了酿酒的"专业户"，还当了酿酒业的祖师。他的儿子帝予酿酒不成，歪打正着酿出了醋，成了酿醋的祖师。

（14）蔡伦。蔡伦在苦心琢磨中偶然发现草木纤维可以用来造纸，从而成为一代祖师。

（15）祝融。祝融是黄帝的火正官，专门管火。他带兵去攻打蚩尤。竹竿一烧，噼啪乱爆，崩散了云雾，还崩瞎了蚩尤的一只眼睛。黄帝把他分封到衡山，镇守南方。到了衡山以后，他又教老百姓用"爆竹"（锯成一截截的竹筒）驱赶名叫"山魈"的恶鬼。后来，人们用纸裹上硫黄、硝等做成"爆竹"沿用至今。

（16）龚遂。牛行的祖师龚遂是湖北赤壁月山人，西汉时作过山东渤海郡太守。当时郡内盗贼甚多，龚遂宣布，凡持犁耧锄耙的都是良民百姓，官方不再追究是否作过盗贼；用高价收购刀剑等凶器，让盗贼们用这些钱去买耕牛，回家耕种田地。牛行的人感激他的德政，就尊他为祖师爷。

（17）优孟、庄王、李隆基。北方人说，唱戏的祖师爷是唐明皇李隆基。但在长江中游的江汉平原，戏曲艺人都说他们的祖师是楚国的滑稽大师优孟。东北"二人转"艺人说庄王是他们的祖师爷。也有人说"二人转"的祖师爷是优孟。

（18）吕洞宾。八仙里面，就数吕洞宾好使法术捉弄人。一次，吕洞宾心慌意乱中把手中的书掉在了地上，小孩拣起一看，原来这是一本变戏法的天书，里面记载有"仙人摘豆"、"撒豆成兵"、"巧变金钱"、"金钱抱柱"、"金钱搭桥"、"药法斗戏法"、"三仙归洞"，等等。小孩将书中所传授的技艺逐一学透，便以变戏法为谋生手段了。此后变戏法的艺人都尊吕洞宾为祖师爷。

（19）范丹、伍子胥。北方以范丹为叫花子的祖师爷。在吴越地区，人们以伍子胥为叫花子的祖师爷。他逃到吴国都城（今苏州）时曾吹箫乞讨。后来，他在修姑苏城时用糯米作城墙下面的砖，使得城里的百姓在越国灭吴时，能够扒出城基下的"糯米砖"度过荒年。伍子胥用这种方法报苏州百姓的恩。

（20）其他。民间有女娲娘娘用泥土造人的神话，从事泥塑、面塑的艺人借用名人效应把她尊为祖师。更有一些传说被出土文物证明是谬说，

「伍子胥」

如秦代蒙恬造毛笔的传说。事实上,早在秦始皇统一中国之前,楚国就有了毛笔。湖南省、湖北省的楚墓中,就出土了为数不少的毛笔。

北方传说,豆腐是孙膑、庞涓发明的。长江流域则说,豆腐是汉朝淮南王刘安发明的。

2. 医药、文人传说

江南自古多才子。仅就作家而言,长江流域就有屈原、宋玉、司马相如、枚乘、扬雄、王逸、陆机、陶渊明、刘义庆、鲍照、刘勰、萧衍、萧统、张若虚、陈子昂、孟浩然、薛涛、皮日休、陆龟蒙、李煜、范仲淹、晏殊、梅尧臣、欧阳修、苏东坡、曾巩、王安石、晏几道、黄庭坚、秦观、周邦彦、范成大、杨万里、姜夔、文天祥、施耐庵、吴承恩、汤显祖、公安三袁、钟惺、冯梦龙、金圣叹、毛宗岗等。

从源头来看,郎中与文人是一回事。在古代,巫师就是当时的知识分子,身兼医职,所以,后世的文人转行当郎中有着与生俱来的便利。这也是我们把医药传说和文人传说放在一起介绍的理由。

(1)名医传说

①扁鹊。扁鹊是最早见诸文字记载的神医,也是民间传说中资格最老的名医。长江下游润州(今江苏镇江市境内)有一则传说:神医扁鹊因为摔了一跤,撞在一块大石头上,一阵酸麻,由此发现了人身上的12条经脉、2条经外奇脉、365个穴位,发明了最早针灸用的石针。扁鹊也被尊为针灸的祖师。

「扁鹊」

②华陀。华陀是郎中的祖师,"望、闻、问、切"无所不精,他最拿手的是作外科手术,他曾为关羽刮骨疗毒。民间传说华陀为了治好曹操的头痛病,在试药的时候中毒身亡。

③孙思邈。湖北孝感市流传着孙思邈三次"用错药"的传说。第一次是把甘草当毒药卖给来买毒药的人,结果真的毒死了人——买药者用甘草

与鲤鱼同煮，结果成了毒药。第二次是把毒药砒霜当治膨胀病的药卖给了病人，倒真把病人给治好了。第三次是他见一个心绞痛病人已"病入膏肓"，就随口开了一个不存在的药方"二龙戏珠"。不料，病人在被抬回家的路上，喝了有两条蛇缠着一只蛤蟆的污水凼里的水，病一下子就好了。

到了明清，长江流域的名医传说数量就更多了。中游有李时珍、万密斋，下游有叶天士（清代）。

④孟优、药王爷。《诸葛亮七擒孟获》中孟获的三弟叫孟优。在传说中，他是发明乐器和耕作方法的祖师，又是精通医术的长者。为了治好数十人的脖疮，他采来雪上小灵芝和药山茶等药。

白王封一位老人为药王。老人取出自己的肝和王后的胆汁，寻来99味药制成了药丸，平息了瘟疫。

(2) 文人传说

所谓文人，指的是书画家和文学家。最著名的有书法家有王羲之、王献之父子，爱石成癖的米芾等。

①王羲之。晋代书法家王羲之爱鹅如命。传说，玉皇大帝为了题写"南天门"三个大字，派两个神仙变作两个小孩下凡，抱上王羲之所喜爱的大白鹅。王羲之爱屋及乌，收留两个小孩作书童。两个小孩假作练字，引得王羲之给他们写范字，诓走了"南天门"三个字。

②米芾。米芾是宋代襄阳人氏，曾在吴地居住。他的文章、书法、丹青自成一体，加之爱石如命，因而扬名天下。在汉水流域关于他的传说甚多，今人陈文道据之著有《风流米芾》一书。

③吴道子。相传吴道子曾到过一座寺院，因为和尚失礼，他便在墙壁上画了一头驴。到了晚上，房间里的家具都被墙上的驴踏坏了。成都府衙里曾有吴道子画的"龟蛇碑"，每到端午，就有许多龟蛇聚集在龟蛇碑下和屋顶、树木上。后来，在此当官的麻城人梅郎中凿去了龟蛇的眼睛，聚集的龟蛇才少了一些。

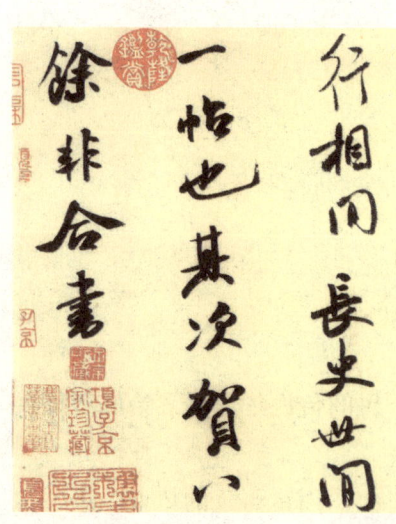

「米芾《张季明帖》局部」

④张僧繇。梁代画家张僧繇在金陵安乐寺画

了四条龙，都没有画眼睛，说是龙会飞走。人们却不信，纷纷要他画上眼睛。果然，当张僧繇提笔点睛后，顿时雷电大作，两条龙击破画壁，飞上了天。

⑤唐伯虎。妹妹要出嫁，唐伯虎答应送一幅画给她作陪嫁。不想时间一长，他居然忘到脑后，临到妹妹出嫁的头一天才又想起这事。急忙间，唐伯虎把嫁妆中的蚊帐拿出来，在上面泼洒了一些墨团和墨点。出嫁以后，妹妹把蚊帐一挂，嗬，大墨团成了月亮，小墨点成了星星，照得屋里亮堂堂的，一顶普通的蚊帐就这样成了宝贝。

⑥施耐庵。民间有句俗语：老不看《三国》，少不看《水浒》。一部《水浒传》也就是前半部好看，后半部真有点味同嚼蜡，这是为什么呢？相传朱元璋打天下的时候，几次派人请施耐庵出来帮他，施耐庵都没干，一心一意写《水浒传》，书写好后传抄到四面八方。朱元璋见了大为光火，在书上批了"倡乱之书"几个字，把施耐庵给秘密地关进了天牢。在刘伯温前来探监时，施耐庵向他求救。刘伯温暗示他说："你是怎么进来的，就该怎么出去。"施耐庵就把张士诚投元的事移花接木，写成了宋江接受招安、保皇帝。书写好后，刘伯温把它呈给朱元璋，朱元璋一看高兴了，就把他给放了出来。

⑦吴承恩。《西游记》是江苏淮安（今江苏淮安市）人吴承恩写的。老百姓说，在吴承恩前面还有个苏东坡。苏东坡的父亲病了，为了让父亲宽心，他就假托说朋友那里有一本好书，不愿借出来，但可以让他每天去抄一些回来给父亲看。苏东坡的父亲看一点就丢掉，慢慢地此书便传到外面去了。后来，吴承恩将民间流传的这些故事搜集起来，加工、润色成一本书，这就是《西游记》。

民间说，孙悟空是如来佛和观音菩萨的儿子。如来佛去赴王母娘娘的寿宴，经过五台山时在一块大石头上休息了一下。如来佛走后，观音菩萨从南海经过这里，也在大石头上小憩了一下，恰巧坐在如来佛坐过的地方。谁知道，如来佛和观音菩萨的精卵在石头缝里结合以后受了日月精华，过了五百年便跳出一只石猴来，这就是孙悟空。所以，孙悟空一有难，观音菩萨就来救他。你说，哪有为娘不疼儿子的！这则传说在江苏省的丹阳、句容等县市，湖北省的孝感市都有流传。

（三）虚构人物传说：梁祝姻缘

《牛郎织女》、《孟姜女》、《梁山伯与祝英台》、《白蛇传》是中国四大民间传说故事。其中，《牛郎织女》是神话故事，其余三个是传说故事。这三个传说故事有两个（《梁山伯与祝英台》、《白蛇传》）就诞生在长江流域，另一个虽不一定在此间产生，但业已在长江流域生根，长得枝繁叶茂。就实际分布状况而言，还应加上《董永与七仙女》。合并起来，长江流域实际上也有四大民间传说故事。

> 民间幻想性传说故事，是把现实生活中不可能存在的东西变成民间文学中确实存在的东西，是把明天的人生节目搬到今天来上演，是把对未来的希望变成现实生活的动力。而虚构人物传说故事，则是这类幻想型民间传说故事的一个典型代表。

四大民间传说已妇孺皆知，下面只介绍其与众不同之处。

1. 孟姜女

《孟姜女》传说地方化的一个标志就是，传说者都说孟姜女是本地人氏，或是从某地出发，经过了本地到北边去给万喜良送寒衣……江苏丹阳市河阳乡的《女过桥》传说就是这样的：孟姜女千里寻夫送寒衣，从浙江绍兴出发，到丹阳没找着，就往镇江走去。走到永家村边殷家大桥时，天已黑了，小雨夹着北风，孟姜女就在桥下过了夜。自此以后，本来是正南向的桥变成了东西向——正好挡住寒冷的西北风，而且到了夏天，桥上竟然没有蚂蚁。村里的人就把那座桥改名为"女过桥"。

俗话说，天下乌鸦一般黑——乌鸦身上没白毛。可是在长江中游的湖北英山、蕲春两县，却有一种白颈乌鸦。据说，这种乌鸦曾为孟姜女带过路，它颈上的白毛是孟姜女为它系上的白手绢变的。

2. 董永与七仙女

董永故事在长江流域有两个"发源地"：一个是中游的湖北孝感市，另一个是江苏镇江市的丹阳市。虽同在长江流域，但对董永及其儿子的表述倾向却不尽相同。孝感市的董永传说，详细地叙述了董永如何和他的父亲从山东来到湖北孝感，又如何在孝感开荒、斗大乌龟、寻一丈长的绊根草为父治病的过程。为董永、七仙女做媒的槐荫树，本来是鬼谷子先生的手杖。鬼谷子先生交代它给董永与七仙女保媒证婚时要祝他们"百年和好"。它一高兴，把"百年和好"说成了"百日合好"，所以董永与七仙女只有一百天的缘分。民间还传

「董永和七仙女」

说：董永与七仙女所生的儿子违背了七仙女的告诫，从七仙女给他的宝葫芦中，倒出13颗米，这些米见风就猛涨，变成了一座饭山，把他和他的13个同窗压在了下面。

在长江下游丹阳市流传的《董永和七仙女的故事》里，董永和七仙女所养的儿子是个好吃懒做的家伙，十七八岁的时候，一个人偷偷跑出去找母亲就再也没有回来。董家庄后来干脆就改名叫"东阁庄"了。

3. 梁山伯与祝英台

梁山伯是会稽（今浙江绍兴市会稽县）人，祝英台是上虞（今浙江上虞市）人，两人曾在义兴（今江苏省宜兴市）善权山碧鲜岩筑庵同住同宿，同窗读书三年，而梁山伯不知祝英台是女儿身。

湖北广水市民间说：父母同意祝英台女扮男装外出求学，嫂嫂出来打破。祝英台与嫂嫂打赌，将三尺红绫写上祝英台的名字埋在水缸下面，三年不烂，就证明祝英台是贞洁女。嫂嫂怕红绫烂得不快，经常偷偷往水缸下面泼水。三年过去，祝英台回来挖出红绫一看，一点都没烂。

江苏省句容县的民间传说，祝英台死后，马文才想，祝英台变成了蝴蝶，如果我死后变成一枝花，她不就到我身

「《梁祝》剧照」

边了吗？没过几天，马文才死了，家里的人把他埋在梁山伯与祝英台的墓旁边。没过多久，他的墓上真的长出了一枝马兰花。哪晓得蝴蝶就是不采马兰花。因为祝英台知道，马兰花是马文才变的。

4. 许仙与白娘子

「镇江金山寺」

一般人都说，白娘子为了救许仙而"水漫金山寺"，但镇江市的民间传说却不认同这种说法，认为是"泪漫金山寺"。为什么呢？原来，白娘子到金山寺求情，哪知道法海不仅不领情，还动起手来。白娘子被迫边求情边还手，泪如雨下，围观的人流下了同情的眼泪，天上观阵的菩萨们也为之落泪。神仙、百姓同情白娘子，落下的泪水把偌大的金山寺淹得只剩下一个宝塔尖。

史事、宗教传说

长江流域民间传说评判人物、事件的标准只有一个，那就是对老百姓的态度，是造福于民，还是祸害老百姓？以民本思想贯穿始终。对于人们爱戴的人物，民间传说极尽赞美之能事，对有功亦有过的人、事，老百姓本着实事求是的态度，决不为其文过饰非。如对于农民起义领袖黄巢、张献忠，民间就传说他们杀人如麻，"黄巢杀人八百万，在劫难逃。"

虽然中下游沿江地域佛教庙宇甚多，如黄梅的五祖、六祖禅寺，庐山的东林寺，安徽的九华山等，但在稍远的地方和长江支流上，道教的力量不可小觑，如四川的青城山、峨眉山，湖北的武当山，江西的龙虎山、合皂山，江苏的茅山等。道教的十大洞天，就有六处在长江流域。与此相呼应的是，长江流域的道教传说数量也比佛教要多，而且内容丰富，分布范围也更广。

(一)史事传说

从整体来看,一组史事传说以某一历史事件为中心展开叙述——虽然从个别篇章来看它的主体仍然是人物活动,但一组相关的史事传说常从不同的侧面、不同的角度,对所叙述的历史事件的发生、发展、高潮及其结局作较完整的记叙。广义上看,长江流域的史事传说主要有如下三类。

1. 改朝换代传说

如秦始皇统一中国及焚书坑儒,楚人推翻秦人暴政(包括陈胜、吴广起义,刘邦、项羽争天下等),魏蜀吴三国争天下,朱元璋建立明王朝(包括朱元璋与陈友谅等人的争夺),辛亥革命武昌起义等均属于改朝换代传说的范畴。在这一类史事传说中,常有一些在正史中完全看不到的内容,甚或是完全相反的内容,其用意或许就是为历史匡谬——至少是心理匡谬,以求得心理的平衡。

前面所列举的《华佗不是曹操杀的》就是一例。人们觉得华佗这样的名医为曹操所杀未免太可惜了,同时,曹操的罪孽未免也太深重。人们说,华佗为了更有把握,便亲自尝试为曹操配好的药,不料中毒身亡。这样描述,不仅洗白了曹操的罪名,而且使华佗的敬业精神和人品更加高大。

2. 农民起义

在长江流域,较著名的农民起义有陈胜、吴广、绿林、赤眉、黄巢,钟相、杨幺,方腊、李自成、张献忠、白莲教、太平天国等。民间传说并不因为起义者是农民就为"亲者讳",对于起义农民中的某些流寇行为照样予以"忠实记录"。如前面提到的黄巢杀了凡和尚的传说就引出了一句俗语"黄巢杀人八百万——在劫难逃"。此话虽然有无可奈何之意,但其中责备黄巢滥杀无辜的弦外之音是不难体味的。

太平军初到鄂东,百姓躲进山洞里。太平军不知是有意还是无意,将一匹战马

「黄巢起义图」

系在洞外。马铃经常作响，百姓以为太平军还没有走，一连几天都不敢出洞，饿死了不少人。所以人们给洞命名"响马洞"，以记录此事。

3. 重大历史事件

古往今来，长江流域重大历史事件不少，改朝换代、农民起义、道教创立、佛教传入、氏族迁徙、世事变迁等不一而足。从具体篇目来看，大多已归入历史人物传说，或已叙之于地方传说，故不赘言。

(二)宗教传说

长江流域的宗教传说上承原始宗教神话，下与幻想故事合流，加上道、佛等宗教的影响，故其内容极为丰富。就其大概而言，大致有如下九类：

1. 半仙

所谓"半仙"，指的是具有人的身份而比常人要神通广大，但又暂且不是仙人，或是具有"仙根"，介乎神与人之间的修炼者——当然，最终还是成了仙。在楚人眼里，"真人"就是仙人。楚人又以"羽人"指称仙人。高级巫师也可以视为仙人。楚人的神巫有巫阳、巫咸、灵氛、灵保。据《山海经·海内西经》记载，在长江上游地区还有一批神巫，巫彭、巫抵、巫阳、巫履、巫凡、巫相等。楚人的文献还记载了其他国家的仙人，如屈赋《远游》就录写了"傅说"、"韩众（韩终）"。

2. 神仙

历经数千年的演变，长江流域神仙传说已向系统化发展，神仙们各有所司。仅就长江流域汉族地区而言，四川有江渎神（江神）奇相、灌口二郎神和梅山七圣，湖北有茶神陆羽，湖南有九疑山得道女萼绿华，江西有宫亭神，江苏有潮神伍子胥。至于土地神和灶王爷则是各地皆有。

据说，陆羽不仅善识茶，而且能辨水。他曾派人到扬州扬子江中取南零水。水取回来后，他一看就说，这不是南零水。仆人把水往盆中倾倒，刚倒了一半，陆羽急叫"停！"他用勺子一搅，说："从这里往下才是南零水。"取水的人大吃一

「茶圣陆羽」

长江流域民间传说的结构

惊,这才实话实说,本来是取了一瓶南零水,因为浪大舟晃,泼了一半,害怕陆羽嫌少,就在岸边加了一点水。不料,一下子就被陆羽看出来了,真是神人。

宫亭神主管江上"分风劈流"之事,过往行旅之人都要敬祀他。三国时,有个小官奉命送一根犀牛角做的簪子给孙权,经过庐山拜祭宫亭神时,宫亭神看中了犀牛角簪,小官尚未答应,犀牛角簪已经不在他手上。宫亭神说:"等你到了石头城(南京)时再还给你。"小官的船刚到南京,一条三尺长的大鲤鱼自己跳到了船上,剖开鱼腹一看,犀牛角簪在鱼肚子里。

3. 八仙

八仙的传说在长江流域广为流传,特别是在中下游地区,许多风景名胜和地名都烙上了八仙的印记。

(1) 八仙添寿。传说八仙在湖北黄冈市办了一件荒唐事。当地有一个唐老头,活了80岁还怕死,他听土地爷说,八仙要路过这里,便准备了一桌好酒菜恭迎八仙。八仙酒足饭饱才听说是要求添寿,铁拐李望着其他7位仙人说,"给他这个数,90,怎么样?"其他7位也连声附和说,"好,90就90。"过了720年,八仙又从这里经过,恰好遇见唐老头出殡。八仙奇怪了,不是只给他添寿到90吗?怎么活了720岁?土地爷说,"你们一人给他90,8个人的就是720岁,加上他本来就活了80岁,所以,他整整活了800岁。"八仙听了,你望着我,我望着你,半天没作声。铁拐李恨恨地怪自己说:"荒唐,荒唐,唐老头。"土地爷把话听走了音,以为八仙说的是"唐得渡"。从此这个地方就叫唐家渡。

(2) 张果老。江苏盱眙县民间传说,是张果老救了神州东南地区的黎民百姓。有一年,水母娘娘挑着一担水在路上走,想把东南沿海一带都变成水乡泽国。张果

「八仙」

老便倒骑着毛驴向水母娘娘讨水喂驴。神驴把水桶里装的五湖四海的水全都喝了，只剩下一点水，救了成千上万百姓的性命。

（3）蓝采和。观音菩萨请八仙上她的莲台说话。蓝采和在莲台上看见了两粒金灿灿的莲子，就趁观音菩萨不注意偷偷抠了一粒出来。观音菩萨训完话，云帚一挥，八仙都滚下了莲台，蓝采和偷的莲子也掉进了水里——原来神仙里也有宵小。

（4）铁拐李。在民间传说中，许多名医如李时珍等都曾受过铁拐李的指点和帮助。这些传说或许都是因铁拐李挂的药葫芦而起。

（5）何仙姑。湖北大悟县的民间传说记载，何仙姑本是一家饭店收养的童养媳。一天，几个叫花子点名要吃小媳妇做的面条，吃完却全都跑了。婆婆把小媳妇毒打了一顿，逼她追上那几个叫花子要钱。叫花子说没钱，小媳妇空着手转回来。婆婆又是一顿好打，逼她不仅要将叫花子追回来，还要让叫花子们把吃下去的面条吐出来喂猪。叫花子把面条吐出来后，婆婆逼着小媳妇把面条全都吃下去。小媳妇只好哭兮兮地吃了起来。谁知道，一吃下去，她就成了仙。原来，那几个叫花子是铁拐李、汉钟离、吕洞宾、张果老变的，他们是专门来度她成仙的。

（6）吕洞宾。吕洞宾是一个优点、缺点都很分明的神仙。关于他的传说在长江流域数量既多，且流传甚广。在民间流传最广泛的便是《吕洞宾三戏白牡丹》，并由此传说产生了许多异文。吕洞宾为民众做了不少好事。如多次仗剑除妖降魔，施法济困救危。也曾致力于公益事业，两次修岳阳楼。无怪乎洞庭湖的君山上还建有朗吟亭，传诵着吕洞宾的"光辉业绩"。

4. 变异

> 在长江流域，巫文化意识一直在民间占有很大的市场。巫文化一个最大的特征就是泛神论的意识深入到人们的思想观念之中，在民间传说中则表现为万物有灵。体现在故事情节中就是人可以变为动物，动物也可以变成人形，变化的诱因则多种多样。

（1）人变龙。云南昆明市民间传说，有一条龙脱下龙甲放在石头上，变成人形出游。一个商人好奇地穿上了龙甲，马上变成了龙。水族把他当作真龙迎进了水里，真龙归来想进水府，水族们却不答应。

(2) 虎变人。人穿上龙甲可以变成龙，虎脱下虎皮能否变成人呢？湖北襄阳有座卧佛寺，曾经有一只老虎走进寺里，脱下虎皮，变成一个漂亮的女子，和进京应试的崔生共寝。崔生把虎皮丢进了井里，女子只得随崔生进京。两人一起生活了六年，生了两个儿子。

(3) 鲨变虎。据清代陆次云《湖壖杂记》记载，曾经有一条鲨鱼变成老虎，跑到杭州的虎林山上。

(4) 鹿生人。据明陈仁锡《潜确类书》卷32载，在江阴石筏山（石牌山），有一头鹿曾生下一个女孩，被道士收养，长大后"姿色绝伦"。

不仅如此，人也可以变成动物，如误吞龙珠是要变龙的。不过，人的变异多以幻术的形式出现。

5. 升仙

既然天上有神仙，神仙又愿意度人，那么就可以经过修行而成仙或偶然的机会而遇仙。传说，汉明帝永平五年（公元62年）间，剡县人刘晨、阮肇在天台山遇见两位仙女，四人一起生活了半年。

宋代王象之《舆地纪胜》卷66载：湖北鄂州市有一座仙枣亭，结的枣子像瓜一样大，太守命人去采摘，采摘者偷食了一个，竟然成了仙。

湖北黄梅县渔民所供奉的渔业神令公是八仙度化成仙的，令公菩萨（高继锁）是被八仙点化后才具有一双辨水识鱼性的慧眼。

> 由此可见，凡人要成仙，必须具备下列条件之一：
> 一是要有仙家血统，二是要有仙人度化（包括与仙女同居），三是要服食能使人成仙的宝物。

6. 龙蛇

自古以来长江中下游地区为崇龙之百越居住之地，民间多龙蛇传说（民间视龙蛇为一家）。从内容来看，长江流域龙蛇变异传说大致可归纳为四个方面。

(1) 斗蛇。如李寄斩蛇，这类传说渲染蛇的巨大和凶猛，以衬托斗蛇、斩蛇勇士的胆略过人之处。

（2）与龙斗智。北魏郦道元所著的《水经注·夷水》记录了这样一件事：佷山县（今湖北长阳县）某村旁石穴中有一条潜龙。天旱时，村民把脏草塞进石穴后，潜龙就喷水，把脏草冲开，农田得到灌溉。

（3）龙报仇。蛇（有时就是幼龙）在变龙之前往往要吃一些家禽、家畜，从而导致邻居对饲养者的敌意。对此，龙在飞升时往往要报复这些伤害过饲养者的邻居或官吏：或是发洪水，或是使地面塌陷。邛都县（今四川西昌市）的"陷湖"，还有"陷河县"等地名都是因这类传说而产生的。

（4）龙变人。龙也羡慕人间生活，偶尔化作人形混迹于世。明曹学佺《蜀中名胜记》卷18载：周元公在四川某地任州官时，一次与客人下棋，看见一个龙变的老汉在旁观看——因为老汉口角流的涎很香——大约是"龙涎香"吧。一点明老汉身份，他马上化成一条龙飞走了。

7. 灵宝

巫文化存在的思想基础就是万物有灵论，这种意识在长江流域一直以潜意识的方式扎根在民间信仰之中。当它渗透在民间传说之中时，就表现为"灵宝"传说的大量出现。

鱼可以变为石鱼，见水又变为活鱼，离水则变成石鱼。石鱼被折断就不再变活鱼。（四川青城县）

能搬运财物的"金蚕"。（四川）

明代武进（今江苏常州市）虞桥下有一数丈长的大蜈蚣害人，捕杀后发现，它脑袋里有一颗大珠子，每足也有一颗珠子。

江苏吴县民间陈家有一"辟疟镜"，患者只需要用此镜一照，疟鬼就离身而去，患者霍然而愈。

江苏吴兴梅溪山山顶有一盘天然形成的石磨，能以快慢占卜年成，转得快则年成好，慢则年成差。

这些灵宝既非神仙宝物，也非神仙点化后赐给人间，大多是天然形成而具有特异功能。这是人们在仅凭人力无法战胜自然而又亟欲战胜自然时，凭借想象，借助超能力来满足这种愿望的一种表现。

8. 巫道

> 道家创立于故楚之地、道教发源于长江流域。长江流域民间道教与民间一脉相承的原始巫风结合甚紧。所以,民间道教传说具有浓郁的巫风色彩,实际上是巫(精怪等)传说与道教传说的融合。

长江下游富阳等地所流传的独足鬼颇有意思:祀之,则相安无事,否则就骚扰、为害于人。

成仙传说是道教传说中的重要内容,成仙的主要途径便是修仙学道。

神仙指点"蔡女仙"绣了一对凤,点睛后与点化她的神仙乘凤升天。

花神(花姑)是在道士胡超的指点下从魏夫人学道修行而成正果的。

道教传说与道教神话不同之处是,道教传说重在讲述神仙的"凡人小事",而简略成仙过程和法力。

9. 佛教

佛教的中国化与禅宗的兴起具有莫大的关系。湖北省黄梅县的五祖寺,实为禅宗的发源地。在湖北省黄梅、广济等地,民间流传着大量的禅宗及其一祖、二祖、三祖、四祖、五祖、六祖的传说。这些传说本来在彼地的佛寺里由和尚们在师徒间口耳相传,后来逐渐扩散到民间。

(1) 四祖。南北朝时期,广济县令的夫人难产三天三夜,经一位断臂和尚(禅宗慧可法师所幻化)点化,才得以平安生产——四祖咬破母亲右肋钻了出来。四祖在去黄梅县城的路上遇见一个十二三岁,自称"姓既有,不是家姓,是佛姓"、"性空,无姓"的小孩。四祖就度他入空门,并把衣钵传给了他,他就是禅宗五祖弘忍。

(2) 五祖。在民间传说中,禅宗有两个"五祖"——老五祖和五祖——这两个人实则是一个人的转世。老五祖

「禅宗四祖」

「禅宗五祖真身」

（一说是唐代法号为栽松道人的和尚）向四祖（一说是四祖寺的道庆禅师）问修炼之道，四祖嫌他太老，暗示他投胎转世再来。他变成一颗杏子（一说桃子）让周员外的三小姐吃了下去，于是转世投胎成为四祖路遇的小孩。这里用转世投胎来表现五祖禅心的坚固。

五祖弘忍有两大事迹在民间流传：一是根治黄梅县濯港白水湖的水患。涨水时白水湖一片汪洋，涸水季节它又成了烂泥湖。人们到五祖寺求神，五祖用降魔铲连夜修筑了一道围堤，根除了白水湖的水患。二是弘忍发现并把衣钵传给了六祖。当五祖年迈时，为了选拔接班人，他要求弟子们各写一道禅理偈语。神秀写的是："身是菩提树，心如明镜台。时时勤拂拭，不使染尘埃。"舂米和尚慧能口述，请人代录了一道偈语："菩提本无树，明镜亦非台。本来无一物，何处惹尘埃。"其中所表现的空无观显然要比神秀要高明得多。于是，五祖便把衣钵传给了慧能，并叫他连夜南奔广东。

（3）济公。与长江中游禅宗祖师系列传说相映成趣的，是下游地区民间的活佛济公的传说。在下游地区的民间传说中，济公是个酒肉和尚。但中游地区（如湖北咸宁市）的民间传说却为他辩诬，说这是误传、误信。起因是天狗吃月时，玉皇大帝命济公去用宝扇逼天狗把月亮吐出来。济公用劲大了一点，把天狗扇死了。玉皇大帝一怒之下罚济公一半时间在天上管理修炼成仙的牲畜，一半时间在地上背着天狗游街示众，兼管人间的善恶。人们见他破衣烂衫，手摇破扇，身背狗肉的样子，都笑他不守佛规，到处打狗吃。其实，这是冤枉了他，他从来都不吃狗肉。

风物传说

风物传说，是最富于地方色彩的民间故事。它叙本地之物，道本地之事，使本地人闻之有一种亲切感，外地人闻之则具有新奇感。从内容来看，

长江流域民间传说的结构

长江流域的风物传说是关于长江流域（或某一地）山川古迹、风俗习惯或土特产的由来和命名的解释性传说故事。它包括地方传说、风俗传说、物产传说三方面的内容。

（一）地方传说

从内容范围来看，地方传说可以分为两类。一类是关于全流域性（或支流水系）的传说，数量较少；另一类是关于"某一地"自然物和人工物的由来和命名的传说，数量较多。

> 地方传说，是解释某地自然物与人工物的由来和命名的传说。诸如山、石、岩、水、溪、洲、林、垸、塘、井，以及亭、台、楼、阁等的传说。这类传说具有浓厚的乡土色彩，多含有较丰富的地方文化知识，可视为乡土文化的教科书。

1. 全流域的风物传说

笔者收集的关于长江下游地区的风物传说有以下三则。

（1）《长江为什么浑》：王母娘娘有三根簪子，金簪划出的水是黄的、浑的，银簪划出的水是碧清的，玉簪划出的水是绿色的。她本来打算用玉簪划长江，但错拔了金簪，所以长江的水是又黄又浑。

（2）《长江每年干一次》：长江每年都会干一次，只是不知道当年又轮到什么地方干。若逢干旱，人们反而可以在江底捡到不少的金银珠宝。贪心的人往往你争我夺，打得头破血流。海龙王见了，把手一挥，兴起大水将贪心的人全都淹死了。这则传说看来是介绍长江的特性和规律，而实际上是告诫人们不要太贪心。与其说是传说，倒不如说它是寓言加传说。

（3）《大运河为何不直》：如果把开河的两条草龙按前母后公的顺序排列，那开出的运河就是笔直的。可办事

「京杭大运河」

的神仙按前公后母的顺序排列,公龙开一段就回头望一望,开出的运河就拐一个弯。

如果去掉这些传说里的理性思维色彩,加大其中的浪漫因素,那它们就与"创世神话"极其相近了。

2. 区域性的风物传说

这一类传说大多与历史名人和著名历史事件有关,这是就全流域而言。若将它所包含的范围缩小,那数量就蔚为大观了。下面仅在全流域层面予以简介。

「黄果树瀑布」

(1) 黄果树瀑布。布依族的水哥与白妹相恋,恶人苏莽要抢白妹为妻。在仙人的帮助下,白妹抛出白布变成了白水河,掷出织布梭变成了木船,两人顺水逃走。苏莽带人乘大木船追了上来。白妹用剪刀把白水河剪断,就出现了现在的黄果树瀑布。苏莽和家丁跌进深潭,变成乌龟和四脚蛇。

(2) 薛涛井。每年三月三日,薛涛井水就会浮溢,人们带来最好的纸在水面上拂过,纸马上变成了娇红色,但每年只能拂染12张——闰年则可以拂染13张。

(3) 成都城。当年秦灭蜀时,城墙屡建屡倾,后来沿着一只大龟爬行的痕迹筑墙才把成都城修好。

(4) 彭山县。四川彭山县因长寿的彭祖及其女儿而得名。文献记载彭祖"丧四十九妻,失五十四子",寿长800年。

(5) 诸葛八阵图。传说是由诸葛亮创设的一种阵法,变化多端,可挡十万精兵。

(6) 巫山神女峰。神女就是炎帝的女儿瑶姬,尚未出嫁就夭亡了,葬在巫山之阳。在楚怀王

「巫山神女峰」

梦中曾自荐枕席。她也曾在三峡地区帮助大禹治水，斗恶龙，帮助船夫。高唐之女不仅朝为云、暮为雨，有时也可化为鱼类到水底一游。

（7）黄牛峡、葛洲坝。大禹治理三峡地区的洪水，赶着神牛，重新开辟了清江河的入江口。他把一只金船定在西陵峡口，成为今天的葛洲坝。

（8）野人。在神农架和房县等地，传说中的野人都曾抢大姑娘或小伙子作配偶。但他们颇通人性，也很善良，除了寻找配偶和食物外，基本不骚扰人类，而且知恩图报。两个野人误食了掺酒的蜂蜜，醉倒在地，人们不忍心杀他们，把他们抬到山顶上，并为他们点燃一堆火，不让野兽伤害他们。这以后，他们经常给这户人家送些野味。

（9）汉江群山。丹江口的百姓说：秦始皇用天子的礼仪安葬了万喜良之后，孟姜女一头扎进了汉江。秦始皇气急败坏，用赶山鞭赶来群山，要填平汉江，把孟姜女压在万山底下。汉江里的大黑龙一口咬断了赶山鞭，秦始皇又把赶山鞭接了起来。因为鞭上有了一个疙瘩，所以抽得汉江边上的群山凹凸不平。

「黄鹤楼」

（10）岳阳楼、黄鹤楼。这两座楼都和道教有关。吕洞宾修了岳阳楼。修道成仙者费文祎在辛氏酒店墙壁上用橘皮画了一只鹤，人拍手歌之黄鹤就起舞。费文祎乘鹤飞去，辛氏在原地建了黄鹤楼。

（11）岳麓山。长沙市郊的岳麓山与道教有关。面对乌龟精涨起的乌水，道教弟子筑法坛之地不断上长，最后长成了一座山。

（12）庐山。得名和匡俗有关。一说他是周武王时人，一说他是汉时人。还传说周武王时，方辅先生与李老君入此山炼丹得道仙去，余空庐而得名。庐山康王谷，则与周康王筑城于此有关。

「庐山风景图」

（13）螺女洲。位于江西赣江上游。传说天帝怜悯俗人谢端孤身一人，乃派水神螺女给他做妻子。螺女后来把空壳留给了他，使他不乏饮食。

（14）历阳湖。两位书生告诉一位老太婆，如果看见安徽和县东门石龟的眼睛变成了红色就赶快离开此地，因为这里马上就要变成湖泊了。于是，老太婆天天去看石龟。有人和老太婆开玩笑，把鸡血涂在石龟的眼睛上。不料，此地果然下陷成湖了。湖北鄂州梁子湖的传说与此相类。

（15）虎跑泉。唐代性空大师想在此栖禅，但嫌无水。南岳童子派来两只虎跑山出泉，留下此地名。

3. 长江流域风物传说的特点

（1）具有浓厚的巫文化色彩，这是古代巫风历代传承不绝于缕而作用于地方风物传说的结果。

（2）佛教、道教与长江流域的地方风物传说的紧密结合，两者在各地的影响深度不一，似乎各有各的势力范围。

（3）巫文化与道教或佛教文化常常交织在一起来影响地方风物传说。

（4）历代文化名人与长江流域的风物传说结下了不解之缘。

（5）在局部地区（如四川成都平原、湖北武当山）的风物传说中烙有中原文化南下的印痕。

（6）地方风物因传说而显名，传说因地方风物而显得"真实可信"。佛教、道教因传说而在当地生根落脚，当地风物传说因佛、道教的介入而更富于神奇、瑰丽色彩。

(二)风俗传说

风俗传说的主要内容，是对某地某种风尚、习俗作起源性的解释。即便是与黄河流域相同的习俗，长江流域传说对其起源的解释也与黄河流域传说不尽相同。

1. 岁时节令

长江流域关于岁时节令的传说大多较为古老，这在上游少数民族岁时节令传说中表现得尤为明显。

（1）祭桥、求子节。农历二月二是苗族的祭桥节，它是一个求子节。桥神是苗族民间信仰中的送子娘娘。燕子曾告诉人们，他们无子是因为孩子们的腿太短，过不了河，要架了桥，孩子们才能过来。

（2）祭鸟节。清明节期间，白族过祭鸟节。传说林音山神让他的24个儿子变成24只候鸟，给白族指示节令，提醒人们播种。人们便在春播期间到山林里给鸟儿喂食，以感谢鸟类给人类带来的幸福。

（3）牛王节。农历四月八日是苗族和土家族的牛王节。苗族传说是牛王帮人们偷来了仙谷种。土家族传说在四月八这一天，是牛王菩萨下凡，帮助他们打退了外族的入侵。

（4）光上娜。农历四月二十三至二十五是白族的"光上娜"节，内容是祭祀白族中央本主。

（5）端午节。五月五日是端午节，长江流域大部分地方都过此节。一般传说是为了纪念屈原投水，而实际上是上古时期百越民族祭龙习俗的一种衍变，后用纪念屈原投水自尽代替了古老的祭龙传说。

「端午节划龙舟比赛」

（6）祭祖、吃新、踩花山、卯节。六月六是苗族的祭祖节，祭祀对象是盘瓠氏配高辛女所生的六男六女。又说是"吃新节"，其内容也少不了祭祖。六月六又是黔东北和滇东北地区苗族的娱神节，名叫"踩花山节"。水族在农历六月（水历十月）卯日这天过"卯节"，内容也是祭天敬祖。

「祭月仪式」

（7）中秋、祭月节。八月中秋是汉族等民族的祭月节。从这天到八月十九日，是白族的"渔潭会"期。白族民众在这天聚会，是为了镇压洱海鱼精的威风。

（8）重阳节。九月九日重阳节，是中下游地区百姓出游赏景、登高远眺的日子。

（9）年节。阴历的十月到十二月，是苗族的苗年节。传说"年"是一种吉祥

「彝族火把节」

物,吃了它才能风调雨顺、五谷丰登——这与汉族"年"是怪兽的说法刚好相反。

(10) 火把节。彝族传说,天神恩体古兹认为是地上的人杀死了他的税官,便派天虫来吃地上的庄稼,人们便用火把来烧天虫,烧了三天三夜,终于获得了胜利。

节日都伴有大量的传说,每个民族的每一个节日至少有一个传说来解释它的来历,有的甚至有三个以上,如"光上娜"节就有三种传说。造成这种现象的原因,是同一民族分居于不同地区的缘故。另外,不同的民族过同一节日,毫无疑问是不同的民族文化相互影响的结果。节日的起源有其动因:一是上古祭祀文化的延续,二是避凶趋吉巫文化心态作用的结果,三是文化辐射的结果。

2. 生产

在长江流域,稻作农业较为发达——在湖南道县就已发现距今约一万年的人工栽培的稻谷。上中游地区除了稻作农业外,还有旱作农业——主要种植杂粮,以及山林狩猎。而中下游地区除了发达的稻作农业外,还有丰富的手工业。这种状况导致了长江流域生产习俗传说的丰富多彩。

(1) 稻草人。传统农业除了要风调雨顺之外,还要提防飞禽走兽和家禽家畜的祸害。当初神农向天神求援时,天神派了毛人和力大身轻、行动敏捷的怪兽"吼七"来帮助神农保护农作物。后人就扎草人来模仿毛人,吓唬禽鸟;发出"huq"的音以示在呼唤"吼七"来驱赶走野兽和家畜。

(2) 铁匠。长江中游的铁匠在收工吃饭时,总要把围腰(抹腰)解下来围住打铁的砧子。传说这是因为当年观音菩萨坐了李老君打铁的砧子,把砧子坐裂了。后来的铁匠记住了这个教训,把围腰(抹腰)解下来围住打铁的砧子,不让女人坐。

(3) 鲁班尺。木匠、篾匠、裁缝、铜匠用的尺都不一样长。篾匠、木匠都是鲁班的徒弟,鲁班把一丈长的尺平分给了两个徒弟。篾匠把得到的五尺分给了裁缝一尺,又分给了铜匠五寸。所以木匠、篾匠、裁缝用的尺

长江流域民间传说的结构

都不一样长,铜匠用要来的五寸做成了铜板,走街串巷时叮叮当当地碰响。

3. 文艺

戏曲曲艺等是一种较高层次的娱乐形式,同时也是一种规矩较多的文化现象。戏曲曲艺习俗传说包括两方面的内容:一是关于戏曲起源,二是戏曲曲艺习俗的来源。

(1) 装王。在汉水流域,优孟这位戏曲祖师爷的"包装"已经虚化。戏曲祖师爷已变成了"孟子的后代——小孟"。他在《楚王有道》里扮演楚王,被楚王赞为"有装王之相",简称为"装王"。

(2) 竹马舞。当年刘邦兵困荥阳,是纪信在一帮骑马女子的簇拥下假扮刘邦,刘邦才得以脱逃。为了纪念纪信,刘邦在祭祀时就让一些女子骑竹马进行表演,后来传到民间就演变成今天的竹马舞。

(3) 越调。在河南和湖北省北部流传的越调,起源于吴越相争。勾践兵败后以自编的戏文收聚民心,最后达到了卧薪尝胆、报仇雪恨的目的。这是移民导致的下游文化与汉水流域文化交流的结果。

(4) "外传"、"反说"。《西游记》、《三国演义》成书前后,民间都有许多传说在传播。它们的成书并不影响未被采录进书的传说的继续流传。这些传说,或正因为与书中的内容不一致才获得更加旺盛的生命力,代代流传下来。其内容或补书之不足,或与之相佐。有人搜之成集,名之曰"外传",如江云等人的《三国外传》、陈民牛选编的《西游记外传》。

4. 婚丧

长江流域婚嫁习俗传说的内容大多比较简略,故事情节极不完整,有的只能算是一种说法而已。

(1) 哭嫁。中上游地区的土家族说"哭嫁"起源于土司制时期的"初夜权"。中游地区的汉族则说起源于继母为触前娘女的霉头,在前娘女出嫁时故意大哭,在她自己的亲生女儿出嫁时则高高兴兴。结果,前娘女越过越发,她的亲

「土家族哭嫁」

生女儿则越过越霉。所以后来的民间女子出嫁都要哭嫁。

(2) 听房、偷新房。就婚俗而言，越是流行得晚，其传说情节就越丰富。如北方婚俗作兴"听房"，长江流域部分地区作兴"偷新房"。但在湖北省的黄梅县则衍变成众人假扮县官"审新郎、新娘"，反过来新郎、新娘和众人又"打老爷下堂"。这三个习俗的背后则是南宋抗金名将岳飞孙子鄂继贤当年在黄梅娶亲的传说故事。

(3) 倒栽杉。某些民族的婚俗传说还保留着古老的婚俗遗痕。如水族的"倒栽杉"（用倒栽的杉苗来占卜能否成婚）传说，便是从兄妹成婚神话进入到人为安排婚姻的一个重要标志。

(4) 求子。在中下游汉族地区，对一些求子习俗的解释已淡化为简单的无故事情节的解说，如洞房新床上撒枣子和花生只解释为"早立子、花着生"。而在上游的少数民族地区，则保存较为完整。布依族竹王传说就寓含有生育崇拜的因子：妇女婚后不育，就去娘家要来竹子、花生放在枕头下以祈子。

(5) 哭姊妹哭天。由于人类始祖是兄妹成婚，所以，长江流域大部分地区的妇女丧夫时都这样哭："我的姊妹我的天！"这句哭辞的前半截不难理解，后半截却颇费猜详，于是，一种新的解释应运而生：一个女人叫她的丈夫到月宫里砍桂花树枝下来作摇钱树，女人贪心不足，叫男人砍第二根的时候，驮他上天的螃蟹飞走了，男人只好吊在月宫的桂花树上。女人哭夫哭"我的天"就是这么来的。

(6) 打丧鼓、跳丧。长江中游地区丧葬习俗中有打丧鼓的习惯，其源头自然就推到了"庄子鼓盆而歌"。民间丧葬习俗传说解释道：当庄子妻羞愧地上吊自尽后，庄子的内弟——齐国大将田单怒气冲冲地来找庄子算账。庄子在田氏尸体旁鼓盆而歌，道出了田氏的所作所为。田单听了，一言不发地起身走了。人死打丧鼓的习俗就这么传了下来。

长江上游的布依族也有在守夜时吟唱丧歌的习俗——念唱《招魂经》。

土家族跳丧习俗也有相对应的传说：当年，土家族的老祖先战死（一说被奸臣毒死）在外，族人抬着尸体往回走，路途上过夜时，为了防止野兽的侵害，人们击鼓跳舞，由此形成了跳丧的习俗。

(7) 黄纸盖脸。人死用纸（或巾）盖脸，本意是不让死者被生前的冤鬼认出而受到骚扰。长江下游的民间传说却说,吴王阖闾被越王勾践打败后觉得自己活着无脸见人,死了无脸见伍子胥,便叫人用白汗巾把自己的脸遮盖起来。民间为了简便,便用白纸或黄表纸盖住尸体的脸。

5. 饮食

饮食传说包括:饮食制度的来历,饮食品种(包括食谱、饮料等)的来历、用具、佐料的来历。

(1) 一日三餐。生活中最大的累赘就是一日三餐。对此,人们免不了颇有啧言。那么,直接责任者是谁呢?老牛!玉皇大帝叫它宣旨,让人们三天吃一餐,它错说成一日吃三餐。

(2) 酒糖醋的来历。关于杜康造酒,湖北的民间传说突出杜康酒的醇冽:刘伶喝了此酒后醉死三年,醒来时打了一个哈欠,熏倒了一排人。江苏民间传说则重点表现杜康造酒的神秘色彩:杜康造酒要用人血。杜康的妹妹把造酒的方法传了出去,杜康就把他妹妹给杀了,用血来造了酒。民间传说,是杜康的妻子发明了制饴糖,杜康的儿子造酒不成却无意中发明了制醋的方法。

(3) 佛跳墙。江苏丹徒地区传说,一个寡妇被地痞欺侮,一时想不开,她把羊全杀了,将羊肉和家里能吃的东西放在锅里烧。锅里的东西烧好了,寡妇的心也死了,头一伸上吊了。一个化缘的和尚闻香而进,发现了上吊的寡妇,和众人把她救了下来。她为了感谢,用锅里的羊肉来招待大家。众人一吃都说好,建议她专门卖这种红烧羊肉,并将其称之为"佛跳墙"。

(4) 鱼包韭菜。水族祖先曾用九种菜和鱼虾一起做成一道包医百病的食补佳肴。后来,是哪九种菜失传了,人们便用韭菜代替九种菜,做成"鱼包韭菜",用来作祭典和待客时的佳肴。

(5) 盐的来历。盐是百味之本,盐的来历是不能不讲的传说故事。长江下游有这样一个传说故事:一个穷人的儿子在凤凰落脚的地方拾到一块岩盐,他像卞和献玉一样把岩盐献给了皇上,当然也就享受到卞和所受到的待遇。直到被吊在皇宫屋檐下的岩盐滴下的盐水落进了皇上的菜碗里,穷人的儿子的冤案才得以平反昭雪。后来,岩盐被强盗偷出宫,又落进了海里,所以人们用晒海水的办法制盐。中游地区湖北应城市的人们传说,财主抢走穷人的盐磨,后来落进了云梦泽,才形成了今天的应城盐矿。

6. 服饰

长江流域的服饰传说以介绍服饰习俗的来源（原料、工具的由来）为其主要内容。另外，长江流域的服饰传说还具有解释民族历史文化内容标志的功能。如白族妇女在自己纺制的麻布长衫的袖肘、胸襟和肩背等处缝上一块靛青色的布，以示对最早定居的祖先的怀念。有些地方的苗族妇女则在裤腿上镶上三道花边，以标志苗族的祖先在迁徙的过程中曾涉过三条大江河。

「苗族传统服饰」

本来，棉花是舶来品，但是长江下游的传说已将之地方化、本土化了，说它是当地一位姓花的小伙子吞下仙人给的珍珠后变成的。关于纺织、织布的技术，长江下游地区传说是黄道婆从外地学回的。这是将"改良者"当作"创始者"的例子。

7. 居住、建筑

关于居住、建筑的传说故事相对于其他类的传说要少得多，内容也不甚复杂。

长江中下游地区人们普遍承认"有巢氏"对房屋的发明权。但在上游地区则将房屋的发明权归之于诸葛亮，说是在他七擒孟获、平定大西南后，留下了自己的帽子，让人们建起了吊脚楼。还说，为了让跳月时的芦笙调更好听，传得更远，他让苗族搬到高山上去住。

8. 宗教信仰

在这里的宗教传说中，主要介绍民间传说对民间宗教习俗、所用法器等方面的解说。这些传说，大多数仍保留较完整的故事情节，也有一些却成了一种"说法"——没有完整的故事情节。

（1）猴皮帽、羊皮鼓。巫师在取经归

「有巢构木」

来的路上，因疲倦而睡着了，一只羊把巫师取回的经书全都吃了。一只金丝猴指点巫师：吃掉羊肉，用羊皮作鼓，每敲一下羊皮鼓，就能想起一句经文，指引巫师归家。所以，羌族巫师都打羊皮鼓、头戴猴皮帽。

（2）歼头血祭。土家族的祖先廪君死后，魂魄变成了白虎。虎是要吃人的，所以，人们用人头来祭祀廪君。后来，北魏朝廷下令禁止这种习俗，土家人便用牛头猪首代替人头。为了向廪君表示这是用牛头猪首代替的人头，巫师要用刀在自己头上划一血口，将血滴在纸串上，悬挂在神堂前。

（3）枫树妈妈、铁三角。苗族以为他们的始祖蝴蝶妈妈是从枫树的树心生出来的，所以，枫树是苗族的妈妈树。而苗族火塘里的铁三角，是苗族寻找火种的三位祖先的化身，绝对不容亵渎。

（4）铜鼓。天神太吝啬就不能怪人类本性太坏。天神的东西该偷就偷，决不能客气。苗族的铜鼓就是波松尕从天神务候乜家偷来的。

（5）杭宪。苗族巫师祭祀做法时都要呼"杭宪"，否则祭祀无效、作法不灵。一位老巫师晚年倦于捉鬼，便一次性将鬼捉净，封在土坛子里，埋在地下。他的徒弟为了不至于"下岗"，便向知情的放牛娃"杭"和"宪"许愿，今后捉鬼时一定喊他俩一块去吃喝。在杭和宪的帮助下，各种鬼都被放了出来。杭和宪就这样成了享受祭供之鬼了。

（三）物产传说

物产传说——特别是其中的土特产传说，是最富于地方特色的传说种类之一。首先，它与特定的地域紧密相连，如武昌鱼就只出产在湖北的鄂州市；其次，它以当地独有的物产为物质载体，即便其他地方也有类似物产，但仍以本地出产的独具特色，如湖北黄冈市巴河出产的莲藕就比别的地方的藕要多一个孔；第三，与之相关的物产传说，就是这种特色及其由来的解说——绝大多数是唯一的，少有异文。如碧螺春及其传说就只出产在江苏省的太湖——它是由一对年青的恋人阿祥、碧螺的鲜血和生命凝结而成，蟠龙菜就只出产在湖北省的钟祥市且与明代嘉靖皇帝有关。

长江流域丰饶的渔产催生了丰富的鱼类菜肴，鱼糕就是中游地区的一道特色菜肴。

湖北省石首市有一道特色菜肴——笔架鱼肚，它就是以石首市长江段笔架（毕甲）山上下15里江水里生长的回古（慧姑）鱼的肚子做成的。

湖北省应城市的石膏矿和盐矿都有相应的传说故事。

汉水流域自古多漆树，人们说它是由竹马的妻子青梅变的。竹马被抓去修长城。青梅盼夫心切，悲伤过度而流产，死在山顶上，变成了一棵树。在漆树上割很多口子，是为了让她把伤心的眼泪流出来。

(四)动、植物传说

长江流域植被繁茂，动物种类丰富。先民在与自然界的漫长交往中，随着对动、植物认识的加深，赋予它们以情节生动、内容独特的种种解说。在长江流域，几乎每一种动、植物都有相应的传说故事。

1. 动物传说

(1) 家畜家禽

家畜家禽是人们最早驯化的动物，人们对它们的了解多于其他动物。因此，它们所伴生的传说也格外丰富，而且同一母题下的异文也特别多。

①牛。牛是人类所驯养的最大型的家畜。侗族传说中，牛是因为传错了话（把天神说的三天一餐说成一天三餐）而被罚下凡。这里的牛，大部分地方专指水牛，而在大别山南麓，人们指的是黄牛（说它是天上的黄仙虎下凡）。

在中游汉族地区，牛的传说也很丰富。因为牛在人间多嘴，把天宫的许多稀奇事传到了人间，玉皇大帝一生气，就在牛的下巴上钉上一棵钉子，所以牛就不会说话了。又因为牛看见人间净是荒沙，就从天宫偷了不少的草种撒到人间，所以老天爷就罚它专门吃草。

②狗。狗是人类的亲密助手，它也是天神派到人间来的，但命运对它似乎也不太公正。它送来了谷种，天神让它吃人类"多（剩）下的"、"大份（大头）"——它误听为"屙下的"、"大粪"。

传说狗的一条腿是泥做的，所以狗撒尿时要把它翘起来。又说神医华陀将狗的心换给了人，重新给它装上了一颗泥土作的心，因此狗是土性的，只要一接触到泥土就能再活过来。

③猫。一种是说猫来自佛爷，一种则说来自龙宫。人们讨猫讨了三次：第一个跑到山里成了山猫，第二个跑到水里成水猫(獭)，第三个是懒猫被

长江流域民间传说的结构

人们带回了家。而猫、鼠结仇的原因之一是老鼠吃了唐僧取回的经书能够长生不老。猫也想长生不老，所以，猫要吃老鼠。

④鸡鸭鹅。鸡鸭鹅本来是帮王母娘娘看守蟠桃园的，被孙悟空骗下了凡。蟠桃园失盗，王母娘娘就罚它们留在了人间。土家族说，是鸡公大仙把粮种撒向了人间，天神就罚它下凡，把粮食一粒粒啄回来。

(2) 禽鸟

长江流域的禽鸟传说内容有三：一是有许多鸟是由含冤负屈的妇女（童养媳、小姑子）死后变化而来，如刀刀雀、女儿鸟等；二是鸟变成妇人与男子成亲；三是某些鸟具有独特的习性，如精卫鸟填海等。还有姑获鸟、女鸟等古籍记载的爱"取小儿"的凶鸟。

(3) 水生动物

长江流域河谷众多，湖泊星罗棋布，稻田广袤连绵，十分有利于水生动物的生长，其种类也因而极其丰繁。相关的水生动物传说或解说其来历，或解说其品性形成的过程。

①黄鳝。黄鳝是稻田里常见的动物，大多说它是人变的：生前做好事，背人过河，但因为是光棍，某一次见色起心而不能自禁。恰好这绝色美女又是观音菩萨变的，就把它变成现在这个样子，又念它作过善事，便允许它死后就是尸骨烂了也不发臭。

②江猪子。关于江猪子（江豚）的来历，汉水流域还有一个悲剧故事：秀才早年丧妻，带着女儿进京赶考，途中穷困，将女儿抵押于人。四年后他功成名就，访旧地寻找女儿却杳无音信。一次他到妓院散心时发现侍宿者正是他的女儿。父女二人痛哭后先后投江，变成了江猪子。

③螃蟹。传说螃蟹是姓解的大户小姐的私生子变的。

④马郎鱼。长江下游的马郎鱼，是马文才变的。梁祝化蝶，马文才一气之下投水变成了鱼。

⑤虾。虾子在和鲤鱼比赛跳沟时投机取巧——拉着鲤鱼的尾巴跳过去，被鲤鱼发现了，鲤鱼把尾巴一甩，虾子的腰就摔弯了。

(4) 害虫

在原始巫文化意识作用下，人可以变成动物，人生前的习性当然也就随之变成了所变动物的生性。

①臭虫。两兄弟分家，兄长太贪，品行太"臭"，原以为吃了兄弟炒的黄豆能像兄弟一样放出香屁来，结果放出的是臭屁，还变成了臭虫。

②蚊虫。关于蚊子的来历有四种传说。蚊王因为传错了王母娘娘的旨意——把让牛郎织女七日一见说成了七月七日一见而被罚下凡。第二种说法是，蚊子本来是一个身躯巨大的吸血妖怪，被人们用熏烟的办法杀死后，它巨大的身躯被人们无意中一搅，又变成了细小的蚊子。第三种说法是，蚊子和蚂蟥是秦桧的骨渣子变的——因为他生前专门搜刮民脂民膏，所以死后也要用人血来养活自己。第四种说法是，蚊子是一个名叫毕虎的糊涂人从深山老林里带出来的。人们骂他是罪魁祸首，蚊虫又忘恩负义把他给叮死了。一气之下，他变成了壁虎，专门吃蚊子之类的害虫。

③蚂蟥。蚂蟥是王母娘娘派来惩罚人间的懒汉、懒婆娘的——因为他们在农忙时躺在田埂上歇息，还讥笑那些劳作不停的人。只不过它把王母娘娘"听见鼓响就叮人"听成了"听见水响就叮人"。

2. 植物传说

长江流域日照充足，气候温暖，水量沛充，植物繁茂，品种众多，植物传说也丰富多彩。从总体看来，长江流域的植物传说可分为农作物传说和花草竹木传说两大类。

（1）农作物传说

①粮种的传说。关于粮种的来历，各族、各地说法不一，大致有以下几种类型。

神人偷取。布依族说，后生茫耶去西边神洞里，在小狗的帮助下取回了谷种。白族说，田公从远方带回了三棵稻子树，分给了三个儿子。后来，大儿子的变成了高粱，二儿子的变成了水稻，三儿子的变成了稗子。四川藏族说，青稞、麦子、豌豆、荞子、胡豆是天女嫁给凡人时从天上带来的。

动物（狗）帮人偷回。苗族说，是五谷神神农命令狗和猫去东方取回了稻种和粟种。彝族说，天神撒下谷种，但被其他动物吃掉了；是狗叫了三声，帮人又要了三穗谷种；而荞麦种是狗从月亮里带来的。傈僳族同样说，粮种是狗从天上要回来的。四川藏族则说，王子阿初在偷谷种时被蛇王变成了狗，但他还是把谷种偷了回来。人们不了解真相，以为是天神派一条狗给人类送来了青稞种子。

长江流域民间传说的结构

人之所变。湖北潜江市传说,麦子是一个叫"麦子"的青年人变的;稻子是一个化身为道姑的仙女变的,人们以谐音的稻谷来称呼她的变身。湖北咸宁市传说,荞麦与小麦吵架,小麦两巴掌把荞麦打成了三角脸,荞麦一头撞去,把小麦的肚皮划了一道口子,所以它们就成了现在这个样子。

②棉种的传说。所谓棉种传说讲的是,棉种如何从一地传到另一地。在长江中游,人们传说,猴子用吃棉桃把棉种吞到肚子里的办法,把它从江南嫘祖部落带到了江北的部落里。但在长江下游,人们却说棉花是一个姓花的小伙子变的,他以自己的生命为代价,给千千万万的人们带来了温暖。

③蔬菜的传说。在民间关于蔬菜的传说,数量上虽然不能占主导地位,但也是必不可少的。长江流域的蔬菜传说不像谷物那样丰繁,内容也更贴近社会现实生活,保留古代传说的影子较少。

如下游地区的《红萝卜的来历》就说,因为地藏王的母亲偷吃了别人的白萝卜,地藏王就咬下自己的一根指头插到地里以作赔偿。这带血的手指头就变成了红萝卜。

雪里蕻菜则是一个因为生了女儿而遭公婆冷眼的产妇在雪中扒出来的,而且沾上了产妇的指血。

(2) 花草竹木传说

①竹木。湖北省咸宁市民间传说,一条青龙和一条黄龙争斗,青龙斗败而死,人们把它埋了起来,龙角露在地面上。人们天天给龙角浇水,天长日久,龙角变成了竹笋,又长成了竹子,这就是楠竹。

柳树原来长得很高,能顺着它爬到天上去。董永和七仙女的儿子就曾爬上去过。玉皇大帝气坏了,就派雷公把柳树打断了。雷火一烘,柳树的枝条、叶子就都向下了。

②花卉药材。发达的中医药,是在人们对药用植物有所认识的基础上发展而来的。对药用植物的认识,又催生了一批中草药传说。这些传说的共同特征是:

仙人指点或传授。早一点的有南极仙翁变成仙鹤,从云端落下一根"仙鹤一枝花";晚一点的有铁拐李指点民间医生认识"蓑衣草"、制作狗皮膏药;再晚一点的有叫花子指点党先生发现党参。

善良的人为了救助众人而献身。清火解毒的金银花，被说成是兄妹（姐妹）俩的身子变成的。

良医的发现。何首乌是药王孙思邈看到长寿老人后，刨根问底问老人吃了什么才得以长寿而问出来的。制云南白药的原料，是一位细心的老收藏家发现的：家养的猴子把一只景泰蓝的花瓶打破了，老爷子一生气把猴子甩了出去，第三天发现猴子的胳臂好了，他又试了两次，并观察猴子，从而发现了制云南白药的草本原料。

金钗是一味名贵的妇科中草药。生长金钗的地方往往有一只鼯鼠守护着。为什么鼯鼠要保护金钗呢？传说金钗是一个漂亮的姑娘，在恶霸的威逼下，金钗姑娘跳崖自尽，她的恋人崔生也跳崖而亡。金钗姑娘变成了中草药金钗，崔生则变成了保护金钗的鼯鼠。据生物学家观察，金钗是鼯鼠的食物，所以，它见到人们采挖金钗，就要用锋利的翅膀割断绳索，让采药人摔个粉身碎骨。

③百草。说到百草的来历还牵扯到女娲呢。早先，田地里没有草，女人很闲散，就跟着女娲的小女儿爬天梯到天上去玩。天帝嫌她们闹得慌，小白龙乘机出了个坏主意，天帝点头同意以后，它把草籽放到起死回生药水里泡了半天才撒到地上。从此，地上的女人们一天到晚忙着锄草，累得半死，再也没工夫上天去玩了。

湖北省宜昌市的民间传说，则把芭芒草的来历与董永、七仙女联系了起来。说是七仙女回到天上以后，她的儿子董天在先生的指点下，跑到天上去看她。为了不让王母娘娘知道她和董永生了一个儿子，七仙女给了董天一把草籽，封住了凡人上天的路。这就是荆楚大地多芭芒草的缘故。

长江流域神话传说的扩张

楚文化集长江流域先秦时期神话传说之大成,形成了独特的文化优势。中国神话传说的基本格局在汉代得以定型。长江流域不仅是中国神话传说最大的"会聚地",也是最丰富的"文化生态保护区"。

楚文化对长江流域神话传说的推衍

楚人曾并国六十有余，据地五千里。其境西至巴枳，东括吴越。从长江上游的下段一直到长江入海口，都在楚文化的覆盖之下——这还不包括楚文化在上游因"庄蹻入滇"所留下的一块"飞地"。

研究楚地文献典籍中的神话传说，就是把目光聚焦到了先秦时期长江流域神话传说的主体部分。楚文化集长江流域先秦时期神话传说之大成。楚文化典籍保存了大量古代长江流域及周边地区的神话传说。战国是楚地神话传说大量载入文献典籍的黄金时期，而两汉则是巅峰期。

（一）《庄子》神话传说的独特风姿

1.《庄子》神话传说的内容

《庄子》一书计33篇，其中约有1/3的篇什载有神话传说内容，如《逍遥游》、《养生主》、《至乐》、《徐无鬼》、《让王》、《大宗师》、《应帝王》、《在宥》、《天地》、《天道》、《秋水》、《盗跖》等篇。

从内容来看可分为两类：一类是长江流域的神话传说，例如《楚狂接舆》（《养生主》）、庄子"鼓盆而歌"（《至乐》）、《郢人垩鼻》（《徐无鬼》）、《王子搜避君位》（《让王》）、《屠羊说辞赏》（《让王》）、"尧放欢兜、蹿三苗、流共工"（《在宥》）、《鲲鹏之变》（《逍遥游》）等；另一类则是长江流域以外（不排除已流入长江流域）的神话传说，如"为混沌凿七窍"（《应帝王》）、"藐姑射之山""神人"（《逍遥游》）、《望洋兴叹》（《秋水》）、《黄帝失玄珠》（《天地》）、"尧让天下于许由"（《逍遥游》）、《叔夷伯齐》（《让王》）、"老聃与孔子"（《天道》）、孔子"厄于匡

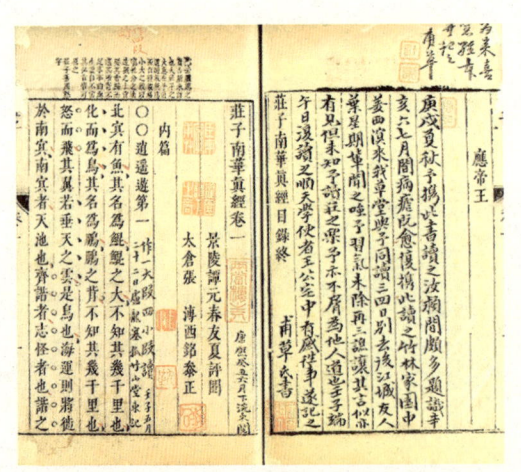

「《庄子》」

(《秋水》)、"厄于陈蔡"(《让王》)、《盗跖》(《盗跖》)等。此外,《庄子》中还提及一些神人、氏族始祖及历史人物,如西王母、堪坏(昆仑山神)、禺强、冯夷、肩吾、狶韦氏、伏戏氏、颛顼、舜、禹、彭祖等。

2.《庄子》神话传说的特点

纵观长江流域先秦文献典籍中,风韵方面唯有《庄子》独具一格。

(1) 传说多于神话。《庄子》一书里所收录的传说数量明显多于神话,如神话只有《鲲鹏之变》(《逍遥游》)、"为混沌凿七窍"(《应帝王》)等,明显少于传说的数量。这些神话绝大多数并不是长江流域的作品。这是由两个原因造成的:其一是,《庄子》一书以说理为主,神话传说只不过是用来证明"命题"的材料,对这些材料不强求其"原汁原味",有时为了论证的需要,甚至不排除部分传说情节(细节)虚构的可能。其二是庄子生在宋国,后入楚境,接触中原神话传说甚多,《庄子》一书多引用北方神话材料,而这种情况在其传说中则有所改观。

(2) 神话传说的寓言化。《庄子》是将寓言手法运用得最为成功的范例。表现在《庄子》一书中,就是"材料与观点的水乳交融"——亦即神话传说在《庄子》中的"寓言化"。寓言和神话传说的构思都需要"联想"(有时就是幻想),在这一点上,寓言和神话传说是相通的。

(二)屈宋辞赋对保存上古神话传说的卓越贡献

屈宋辞赋是长江流域古代神话传说较丰富的辑录,也是中国神话传说宝库中硕大的明珠。

1. 屈宋辞赋所见神话内容

(1)《离骚》
①神话人物:羲和、望舒、飞廉、雷师、帝阍、丰隆、西皇。
②神话传说地名:悬圃、崦嵫、咸池、昆仑、天津、西极、流沙。
③神物:鸾皇、凤鸟、若木。
④通神者:巫咸、灵氛、彭咸。
⑤历史传说人物:高阳、高辛氏、尧、后羿与寒浞、浇、舜、鲧、禹、三后(禹、汤、文王或熊绎、若敖、蚡冒)、夏启、少康、有虞二姚、夏桀、殷纣、傅说、武丁、简狄、周文王、吕望、宁戚与齐桓公。

《离骚》(局部)

(2)《九歌》

《九歌》所出现的神灵有东皇太一、云中君、湘君、湘夫人、大司命、少司命、东君、河伯、山鬼、国殇。除东皇太一、河伯等外，全为长江流域（楚地）所独有的神灵。《九歌》十篇"全为祭神乐章，直接以神灵为描写对象，反映了楚人心目中包括有天、地、人三类神祇的神话系统，展现了楚地敬神娱神、降神祈神的社会生活与民情风俗"。

(3)《天问》

全诗共提出170余个问题，"因古往今来的神话故事和历史传说而问天索理，广泛地述及了先秦重要的神话和传说"。

(4)《招魂》、《大招》

①神灵：上帝。

②通灵者：巫阳。

③灾异：十日代出。

④神话地名：汤谷。

⑤怪异：千仞巨人、烛龙、九头蛇、大蛇、虎豹、九头怪兽、纵目猪头神、土伯（牛身虎头三眼）。

(5)《远游》

①神话人物：羽人、旬始星、丰隆、风伯、蓐收、西皇、文昌、众神、雨师、雷公、宓妃、娥皇女英、海若、冯夷、黔嬴。

②神话传说地名：丹丘、天阍。

③神物：凤凰、玄武、鸾鸟。

④通神者：湘灵。

⑤修仙者：赤松子、韩众、王乔。

⑥历史传说人物：太皓、黄帝、颛顼、高阳、傅说、炎帝、祝融。

(6)《高唐赋》、《神女赋》与巫山神女故事

长江流域神话传说的扩张

宋玉将三峡地区瑶姬会怀王的神话传说采录入赋。宋赋因瑶姬神话传说而熠熠生辉，瑶姬神话传说亦凭宋赋而流传千古，并催生了三峡地区大量神女传说故事的滋蘖。

2. 屈宋辞赋神话传说特点

(1) 楚神话传说的特征

一是在接受北方神话体系的同时，仍保留了长江流域（楚地）的传统神话，两者已杂糅在一起。《九歌》里出现的神系就是一个极好的例证。

二是女性神和水神的位置十分突出。如女性神有巫山神女、九嶷女神、湘夫人（娥皇、女英）、山鬼、宓妃等；水神有湘夫人、宓妃、河伯、冯夷、海若，还包括与降雨有关的雷师（雷公）、雨师等。

三是图腾崇拜遗痕明显。最明显的莫过于凤凰，仅其别称（或曰同类）就不少，如鸾皇、鸾鸟、凤鸟。其他崇奉的灵物还有若木、玄武等。

四是巫风浓郁，嗜好怪异。其表现为巫觋（通灵者）在神话传说中占有一席之地。在屈原的辞赋中就出现了千仞巨人等怪神怪兽。巫风浓郁的又一个结果是与道家结合，催生了道教的诞生。这里面蕴藏的底蕴，便是由巫觋通灵所引申出来的修仙意识。所以在楚神话传说中就有了赤松子、韩众、王乔等修仙者的传说故事。

五是楚地传说已与中原流入的传说合流，在保留自己传统传说的前提下基本融为一体。

「楚帛书」

(2) 楚神话的学术评价

关于先秦时期楚国神话的特点，蔡靖泉先生有过极为精辟的概括，那就是它具有"原始性和古朴性、完整性和系统性、独立性和综合性、增益性和创造性"。同时期的传说在继承这些特点的同时又增加了"融合性"。

(三) 楚帛书

严格地说，我们现在所能见到的先秦时期的神话传说（不论是书面的还是口头的），只能算是那一时期神话传说作品的"摹本"。

而在"摹写"的过程中,不论有意还是无意,都会出现"省略"和"添彩"现象。这对于研究神话传说的变异是十分需要的,但对于比较其流变特征却又是十分不利的——因为它使我们缺乏一个进行比较研究的标本(范本)。所以说,只有先秦时期的文物才能算是我们所需要的"原始"标本(范本)。楚帛书便是长江流域(主要是中游地区)神话传说研究的一个"原始标本"。

> "楚帛书",指的是新中国成立前在湖南长沙市子弹库战国楚墓中出土的帛书。它全文900余字,学者们将之分为甲、乙、丙三篇。其中甲篇主要记录了天地开辟、四季形成、诸神主宰天地的神话传说。

楚帛书的甲篇可分为三段:第一段讲的是,天地洪荒之时,宇宙"梦梦墨墨",一片混沌。是伏羲、女娲生下四个孩子,以职掌天下,分守四方,且"步以为岁"。第二段说的是,过了一千多年后,因为九州不平、山陵倾侧造成了四季混乱。于是,"炎帝乃命祝融以四神降"、"奠三天"、"奠四极",帝俊出来恢复了日月的正常运行。第三段则说共工推步十日而确定"天干",并区分出昼夜和朝夕。将此内容与后世所记录和口传的相关内容进行比较,这类神话传说的流变特征不就昭然若揭了吗!

(四)楚文化对长江流域神话传说的整合与扩散

楚神话传说之所以能够成为先秦时期长江流域神话传说的集大成者,是因为它在吸纳周边地区神话传说的基础上,形成了自己的文化优势——不论是数量还是质量,在当时都无与伦比。

1. 楚文化对周边神话传说的吸纳

楚文化像一块干燥的海绵,吸纳着周边地区的神话传说"元素",构筑起自己的神话传说"大厦",这从《庄子》和屈赋中都可以得到有力的证明。庄子因身居楚文化与中原文化的交界处,故其作品对中原的神话传说接纳尤多。相比之下,屈赋对四面八方神话传说的态度更具有大家风范。在屈原的笔下,各种神话传说一概来者不拒,《招魂》和《大招》中出现的各方怪神怪兽即是最好的证明。

2. 楚神话传说对周边地区的扩散

从时间段上来看，"楚神话传说"有三层含义：即分别指"先楚"、"楚"、"后楚"的楚地神话传说。从空间来看，又有"雄踞江汉"和"势吞吴越"之别。在这里，我们只介绍楚神话传说对长江上游和下游地区的远播和浸润。

（1）楚神话传说对长江上游的远播

神话传说的传播是以人口的流动、迁徙为直接原因而进行的，文化的交流、辐射则是神话传说传播的又一种方式。在长江流域，楚神话传说向上游地区的辐射、传播在不同的时期则有不同的主导方式。

①原居民的西南迁。楚人在其国势不断发展壮大（包括在其向西南地区扩展）的过程中，先楚及楚的神话传说也就如影随形流向西南地区。盘瓠、女娲神话传说在西南诸族中的存在就是这一变化的结果。

据《蜀王本纪》、《华阳国志·蜀志》等文献记载，曾为蜀国望帝杜宇之相、后居蜀国帝位十二世并对蜀地文明作出巨大贡献的开明氏就是由楚入蜀的楚人鳖灵。战国后期，秦将白起拔郢，楚公室东迁，大量的平民百姓则向西南退缩，无形之中把楚神话传说也带向迁徙地。只不过这些难民向上游的路程没有庄蹻那么远罢了。

②楚势力的上溯。《史记·西南夷列传》："始楚威王时，使将军庄蹻将兵循江上，略巴、蜀、黔中以西。庄蹻者，故楚庄王苗裔也。蹻至滇池，地方三百里，旁平地，肥饶数千里，以兵威定属楚。欲归报，会秦击夺楚巴、黔中郡，道塞不通，因还，以其众王滇。"《汉书·西南夷两粤朝鲜传》里也有大同小异的文字记载。《后汉书·南蛮西南夷列传》："初，楚顷襄王时，遣将庄豪从沅水伐夜郎，军至且兰，椓船于岸而步战。既灭夜郎，因留王滇池。"有人说，庄豪即庄蹻，或曰与为盗于楚郢者为同一人。不论庄蹻为谁，楚人向西南方向发展，派兵入滇为王是不争的史实。所以，至今云南省昆明市的汉族生活习性和方言，与重庆、湖北等地有诸多相同、相通之处。

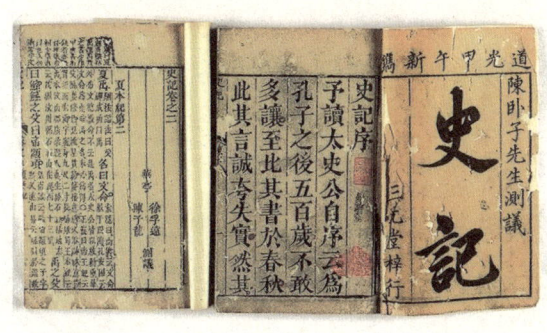

「史记」

③楚文化的辐射。春秋以后，楚文化走向鼎盛，其对长江上游的西南地区的影响也日盛一日，如青铜器的铸造技术，丝织、蜡染技术传播等莫不如此。其神话传说也随楚文化的西渐而向该地辐射。

(2) 楚神话传说对长江下游地区的浸润

楚人的空间发展方向在向北受阻的情况下，自然就转向了东方。首先，楚人灭掉了"汉阳诸姬"，然后把矛头东指，吞并了长江中下游之处的诸小国，直至最后领有吴越之地。这一过程约经历了数百年，由此造成了楚文化向东方（长江下游地区）的浸润式扩展。楚神话传说，也随之向下游地区浸润、覆盖。本来产生于长江中游的"俞伯牙遇钟子期"的传说，就"落地生根"到了长江下游的江苏省镇江市民间。

汉文化典籍与长江流域神话传说

汉代是汉文化走向成型的时代，南北文化的交流融合因刘汉王朝的确立而得以大规模地进行。在这一时期，中国神话传说的基本格局得以定型。建立汉王朝的刘邦及其众多文臣武将都是楚人，楚文化因刘汉王朝的建立而成为汉文化的一个重要源头和组成部分。长江流域的神话传说，也因此而成为中国神话传说的主体成分。

> 奠定长江流域神话传说在中国神话传说史上重要地位的两部重要文化典籍，是《山海经》和《淮南子》。其中，《山海经》早在战国年间已有之，是西汉时的刘歆、刘向最先将它进行了整理，使之得以传世。《淮南子》由西汉淮南王刘安及门客集体编写而成，思想内容以道家思想为主，同时也杂有先秦各家学说。

（一）《山海经》的内容及对中国神话传说的保有

1.《山海经》与神话传说

《山海经》共有18卷，其中"山经"5卷，"海经"9卷，"大荒经"

4卷。"山经"记载神话传说甚少,而"海经"与"大荒经"则甚多。

(1) 山经

《中次七经》:炎帝女瑶姬死而化为蘨草。

(2) 海经

《海外北经》:烛阴、一目国、禹杀共工之臣相柳、深目国、聂耳国、夸父逐日、跂踵国。

《海外东经》:大人国、君子国、黑齿国、汤谷扶桑、玄股国、毛民国。

《海内北经》:西王母、犬封国、鬼国、舜妻登比氏。

《海内东经》:雷神。

(3) 大荒经

《大荒东经》:有易杀王亥、黄帝以夔皮为鼓。

《大荒北经》:夸父逐日、应龙杀蚩尤、夸父、禹杀共工臣相柳、黄帝女魃应龙败风伯、雨师、蚩尤。

2.《山海经》与长江流域的神话传说

《山海经》所记录的长江流域神话传说,在数量上远远多于北方的黄河流域的神话传说——几乎占了总数的2/3。其分布状态如下:

(1) 山经

《中次九经》:熊山有穴"恒出神人","夏启而冬闭。"

《中次十二经》:洞庭之山,"帝之二女居之"。

(2) 海经

①《海外南经》:结匈国、羽民国、讙头国、厌火国、三苗国、载国、贯匈国、交胫国、不死民、歧舌国、羿与习凿齿、三首国、周饶国、长臂国;南方祝融,兽身人面,乘两龙。

②《海外西经》:大乐之野(乐山)、三身国、一臂国、奇肱国、形(刑)天与帝争神、巫咸国、女子国、轩辕国、长股国。

③《海内南经》:苍梧、孟涂司神于巴、氐人国、巴蛇食象。

④《海内西经》:开明国。

⑤《海内经》:巴人、鲧窃息壤。

(3) 大荒经

①《大荒南经》:羽民国、卵民国(卵生)、不死国、载民国、羿杀凿

齿、羲和浴十日。

②《大荒西经》：女娲之肠（神十人）、石夷司日月之长短、十巫、常羲浴月（生月十有二）、夏后启得《九辩》、《九歌》（下）。蛇乃化为鱼，是谓鱼妇，颛顼死即复苏。

3. 从《山海经》看长江流域神话传说的特点

（1）丰富性。汉以前的文献典籍中，《山海经》是记录上古神话传说最多的，其涉及的地域也最宽广。有人说，它所涉及的地域很可能已超出了今日中国之版图。当今我们所能见到的古代神话传说（不论是文字还是口头的）大多都能在《山海经》中找到"源头"。

（2）原始性。《山海经》所记录的神话传说是极其古老、原始的，保留了较多的原始风貌。因为中华文化的发展变化，以及人类记忆"记用忘废"原则的作用，诸多上古文化现象已变得很难理喻和考据了。《山海经》中诸多神像和国名的"不可理解"，就是典型的例证。

（3）代表性。通过《山海经》，我们不难窥见中国古代神话传说的基本轮廓。它虽然不是一部专门的神话传说集，但这并不影响它在中国神话传说史上的地位。如果说研究西方神话是"言必称希腊"，那么，探索中国古代神话就"证据必引《山海经》"了。

（4）简略性。古汉语的简约性及《山海经》所记内容的庞杂性，导致了《山海经》中所辑录的神话传说的简略性。有些内容在今天看来是陌生的，但在当时的人们却是熟知的，所以某些内容在该书中仅以"存目"的形式存在。还有些神话传说则只记录了主要情节梗概，而缺乏细节。

（二）《淮南子》：神话传说记载的又一高峰

东汉以前，长江流域记载有丰富神话传说的文献典籍有《山海经》、屈赋、《淮南子》。《淮南子》虽然在内容时序的排列上最晚，但这并不影响它在中国神话传说史上的历史地位和特殊贡献。

1. 《淮南子》所见神话传说

《淮南子》全书共有21卷，除去《要略》为全书的"序言"外，正文共有20卷，其中有10卷记载有较多的神话传说内容，择其要简介如下。

①《原道训》：夏鲧作三仞之城。

长江流域神话传说的扩张

②《俶真训》：蜚廉、敦圄、雷公、夸父、宓妃、织女、历阳湖（后世此传说还在安徽含山县流传）。

③《天文训》：共工触不周山、五星（五行、五帝、五佐、五神、五兽、五音）、日之行程。

④《地形训》：禹以息壤填水成大山、昆仑山、海外36国、夸父、巫咸、轩辕丘、西王母、烛龙、后稷垄、雷泽。

「淮南子」

⑤《览冥训》：女娲补天、嫦娥奔月。

⑥《精神训》：禹不惧黄龙（长江）。

⑦《本经训》：仓颉作书，天雨粟、鬼夜哭、羿射十日、擒杀怪兽，舜时洪水，桀、纣恶行。

⑧《主术训》：楚灵王好细腰。

⑨《道应训》：卧薪尝胆、楚将子发以善偷者怯敌。

⑩《修务训》：神农、尧舜禹汤政绩，申包胥哭秦庭。

另外各卷中"存目"式地提及的神话传说也不在少数。

以上10卷中的长江流域神话传说是：

(1) 神话人、兽及事迹

日之行程；西王母，蜚廉，敦圄，雷公；共工触不周山，女娲补天，伏羲，夸父；羿射十日，擒杀怪兽，嫦娥奔月，织女，巫咸。

(2) 神话地名及国名

昆仑山、雷泽、轩辕丘、海外36国（结匈国、羽民国、谨头国、厌火国、三苗国、载国、贯匈国、交胫国、不死民、歧舌国、三首国、周饶国、长臂国、三身国、一臂国、奇肱国、巫咸国、女子国、轩辕国、长股国、氐人国、开明国、卵民国、不死国、载民国等）。

(3) 神话中的帝系

五星（五行、五帝、五佐、五神、五兽、五音）。

(4) 历史传说

神农，尧舜禹汤政绩，舜时洪水，夏鲧作三仞之城，禹不惧黄龙（长江），禹以息壤填水成大山，桀、纣恶行，楚灵王好细腰，申包胥哭秦庭，楚将子发以善偷者怯敌，越王勾践卧薪尝胆，历阳湖等。

2.《淮南子》对保存长江流域神话传说的贡献

(1) 新采录了一批神话传说。《女娲补天》、《女娲造人》、《织女》等都是《淮南子》重新从民间采录的神话传说，较之屈赋和《山海经》更具有时代感，是汉代神话传说面貌的一次集中展现。

(2) 对屈赋、《山海经》等文献典籍的印证。《庄子》、屈赋、《山海经》中的许多神话传说在《淮南子》中都再一次（或多次）出现。

(3) 细节丰满，故事完整。与前代文献典籍中的神话传说相比较，《淮南子》所录神话传说的细节要丰富、故事要完整得多。

(4) 承前启后，影响深远。从内容和风格来看，《淮南子》中的神话传说都堪称中国神话传说史上的"承上启下之作"，是研究中国古代神话传说不可或缺的一环。

(三)《吴越春秋》、《华阳国志》与长江流域的神话传说

1.《吴越春秋》与长江下游神话传说

东汉赵晔的《吴越春秋》，是研究长江下游地区先秦时代神话传说的重要文献资料。该书共10卷，吴国与越国各占5卷。其中第1卷与第6卷中较详细地介绍了吴越公室的祖系、族系。

第1卷《吴太伯传》从周人先祖后稷讲起，历叙其后的公刘、古公亶父等人的事迹，一直说到古公亶父的大儿子太伯为避王位而奔"荆蛮"、成为吴国始祖的事迹，完全就是北方黄河流域周人神话传说南下长江下游地区的记录。其后的2~5卷则录写了不少的吴国历史传说。

如果大禹是"女娲十九代孙"、"颛顼之后裔"之说确实成立的话，那么，他就是长江上游巴蜀地区的历史人物，由此而推论出越国公室是长江上游地区向下游南岸的移民的结论。

《吴越春秋》第6卷名曰《越王无余外传》，实际上却以极大的篇幅叙写了夏人始祖大禹及其先祖的事迹。其后的7~10卷则记录了大量越国越地

长江流域神话传说的扩张

的史事传说资料。

《越王无余外传》中关于大禹的神话传说，有很大一部分可与《左传》、《国语》、《史记》等史籍所述有关史事相印证，但其更可贵之处就在于那些《左传》等正史所未曾记录的神话传说。

> 《吴越春秋》是一部系统记录吴越地区族源神话和吴越历史的作品，是一部"介于史家和小说家之间的作品，可谓是后代历史演义小说的滥觞"。

2.《华阳国志》与长江上游神话传说

研究巴蜀地区的古代神话传说，《华阳国志》是一部重要的参考资料，由晋代常璩所撰，共12卷，附录1卷，记录了自开辟以来至东晋穆帝永和三年（公元347年）之间的事。巴蜀地区的神话传说——如蚕丛、杜宇、廪君、李冰等，见载于此书中不少，可供印证之用。

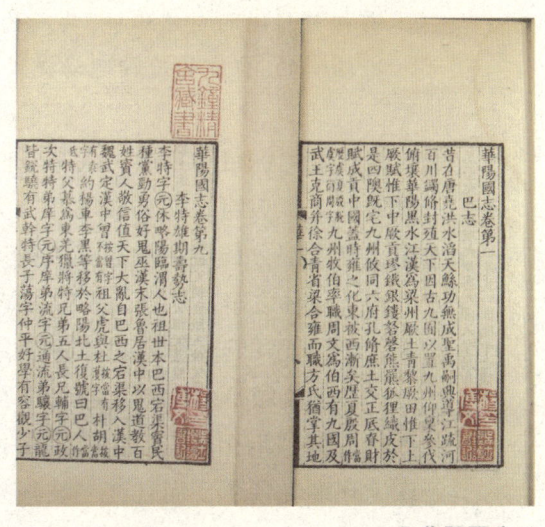

「华阳国志」

结 语：中国神话传说的"半壁江山"

说长江流域仅仅保留了中国神话传说的"半壁江山"，确实有"小觑"、"大不敬"之嫌。因为，大量的文献典籍、文物和仍在民间口头流传的神话传说都证明：长江流域的神话传说在中国神话传说中占有举足轻重的位置，论数量当然在"半数"之上。可以毫不客气地说，不言长江流域就无以谈中国神话传说。

(一)长江流域是中国神话传说最大的"会聚地"

自古以来,长江流域就是汇聚中国神话传说的"洼地",四面八方的神话传说在这里汇集。因为这里是温和舒适的"神话"摇篮,具有丰厚肥沃的土壤。在这里,没有长不起来的苗,也不缺少阳光雨露,所以,神话传说的森林触目皆是,也不时有神话传说的"参天大树"扑面而来。

> 长江流域神话传说是中国古代神话传说的延伸,是长江流域文化的一个重要组成部分;长江流域浓郁的巫风是神话传说流传不绝的"护法神"。或曰巫风是神话传说的"孵化器"、"保温层"、"催产素"。它与上游相对封闭的自然环境,共同构成中国神话传说存活的"恒温箱",它不断给新的、自发的造神运动提供精神动力,不断催生新的仙话故事。

有如此优越的自然、人文条件,所以才有大量的神话传说沉淀在长江流域的文献典籍、文物和民间口头。我们今天所能见到的中国神话传说故事,绝大部分都能在长江流域找到。在长江流域关于万物起源的传说,其内容、品种之丰富足以令人瞠目结舌。

(二)长江流域是中国神话传说最丰富的"文化生态保护区"

长江流域是中国神话传说的"聚宝盆"。云贵高原是一块尚未琢磨的神话传说的"荆山璞玉",成都平原、江汉平原以及长江三角洲是其中的珍珠、玛瑙和翡翠,而长江三峡则是它的宝石项链。伏羲、女娲神话以及西南少数民族的创世神话都是中国神话里的瑰宝。

在长江流域,神话传说的历史与现实同在。文献典籍、文物以"定格"的形式保存着历史上的神话传说。民间文艺以鲜活的形态传递着神话传说。

由于长江中上游(特别是上游地区)自然山水的隔绝和文化的相对封闭,较之文献典籍、文物,至今仍在民间流传的许多神话传说离它产生时的形态相差并不是很大。颇有意思的是,这样一个广袤的"自然保护区"是由若干个各具特色的区域组成。在这些"保护区"里,外来的入侵者虽然乔装打扮,但人们还是给他贴上"移民"的印记。所以,虽然当今长江流域的神话传说是八方混杂,但还是可以各辨其籍,加之本地神话传说文化根源深厚,生命力旺盛,外来神话传说很难一下子把本地神话传说覆盖或扫荡干净，而且对各个"文化生态保护区"的作用力度也不一样，所以造成长江流域各个神话传说"文化生态保护区"的风格色彩也不尽相同。

(三)神话传说已成为长江流域文化重要的组成部分

长江流域，自古文风鼎盛，绮丽诡异，不少的文人雅士对神话传说慧眼识珠，雅好采撷。《庄子》、屈宋辞赋、《山海经》、《淮南子》、《吴越春秋》、《华阳国志》等，串缀成一部卷帙庞大的中国神话传说的史册。

民族文化的基调是民间文化，这个文化的底色对上层文化的影响是巨大的——时间越早，这种情况就越明显。长江流域的神话传说不仅影响了一代又一代的作家文学，而且还广泛地渗透到民歌、戏剧、曲艺、美术等姊妹艺术中，成为长江流域文化——甚至是中华文化不可或缺的组成部分。

> 长江流域的神话传说哺育了屈原的诗作，正是屈原开了中国浪漫主义文学的先河，可以毫不客气地说，是长江流域的神话传说哺育了中国的浪漫主义文学——相当一部分可称得上经典的文献都从长江流域神话传说里汲取了养分。

长江流域的神话传说依靠文献典籍，其流传范围更广；一些文化典籍，也因为采撷了长江流域的神话传说更增添了艺术魅力。不论是大家的作品，还是名不见经传的山村学究；不论是诗作，还是戏剧，更遑论散文作品，只要是载录了长江流域的神话传说，没有不打上长江流域文化特征的烙印的。由此可以揣见神话传说在长江流域文化甚至是中国文化里的地位和作用。没有了神话传说，长江流域文化的结构将因之残缺不全，亦将为之逊色不少，中国文化大厦也将失去辉煌的一角。

(四)长江流域神话传说融入中华民族神话传说的大河

自从原始社会人类有了神话传说以来，长江流域与周边地区，尤其是北方黄河流域地区之间神话传说的交流就一直未有停止过。除了民间因人口的自然流动所带来的交流外，还因为政治、军事势力的大规模南下北进，使得长江流域的神话传说迅速而成批量地融入中华民族神话传说的大河。

秦二世之际，楚人刘邦及其一大批楚裔的文臣武将在长安建立了刘汉王朝，把长江流域（主要是楚地）的神话传说带到了黄河流域。这是长江流域神话传说第一次"理直气壮"地进入北方黄河流域。

魏晋南北朝时，南北混战，人口因战争而大规模流动，文化混融剧烈。

此后，一次次农民起义，将长江流域的神话传说携向四面八方。

到了明代，生长于故楚地的朱元璋建立了大宋王朝，长江流域的神话传说又一次得到"好风凭借力，送我上青天"的机会。

三国以降，历史上有不少王朝定都于长江流域，如蜀、吴、东晋、南朝（南北朝）、南宋等。因天时、地利，当时长江流域南方的局部地区成为政治、文化中心，其神话传说顺势流向周边地区也是在情理之中。

从古到今，北方的文人、史官，不止一次地把长江流域的神话传说采录到著述之中，使得长江流域的神话传说借助文字流传到更广远的地方。长江流域的神话传说带着自己独特的魅力散向四面八方。长江流域的神话传说，在各种政治、经济、文化的激荡中与周边地区的神话传说不断地交流、混融，成为中华民族神话传说汪洋中的干流。

（五）长江流域神话传说的洪流仍在充满生机地奔流

长江流域民间的神话传说犹如滚滚东去的长江水，在人民群众的口耳之间千古奔流不息，无论你走到长江流域的哪一个角落，民间都有一个个生动形象的口头神话传说扑进你的耳郭。千万幅色彩斑斓的民间神话传说画卷，组成了一道永远也走不到尽头的中国神话传说的画廊。

如果你沿着长江上游，一路向下游行来，上游的少数民族兄弟会把你带到洪荒时代观看原始社会的创世情景；转身向下，你可以领略巴山蜀水神话传说的奇峻，感受那一个人撼人心魄的场面；到了中游，你可以与屈子对话，你将会为楚地神话传说的奇诡而目瞪口呆；到了下游，列队迎接你的将是悠悠数千年里的历史传说人物，向你把数千年的历史娓娓道来……

这是一道人类文化的"地平线"。

图书在版编目（CIP）数据

神话传说 / 鄢维新编著. —武汉：长江出版社，2019.6（2023.1 重印）
（长江文明之旅丛书. 文学艺术篇）
ISBN 978-7-5492-6534-3

Ⅰ. ①神… Ⅱ. ①鄢… Ⅲ. ①长江流域—神话—介绍 Ⅳ. ① I277.5

中国版本图书馆 CIP 数据核字（2019）第 105360 号

项目统筹：张　树
责任编辑：冯曼曼　王　珺
封面设计：刘斯佳

神话传说

刘玉堂　王玉德　总主编　鄢维新　编著
出版发行：上海科学技术文献出版社
地　　址：上海市长乐路 746 号　200040
出版发行：长江出版社
地　　址：武汉市解放大道 1863 号　430010
经　　销：各地新华书店
印　　刷：中印南方印刷有限公司
规　　格：710mm×1000mm　1/16
印　　张：10.5
字　　数：143 千字
版　　次：2019 年 6 月第 1 版　2023 年 1 月第 2 次印刷
书　　号：ISBN 978-7-5492-6534-3
定　　价：39.80 元

（版权所有　翻版必究　印装有误　负责调换）